Das Rattenhaus

Matthias Unverdorben

Das Rattenhaus

Bibliografische Info der deutschen Natio-
n ek:
Die deutsche Nationalbibliothek verzeichnet diese
Publikation in der Deutschen Nationalbibliografie;
detaillierte bibliografische Daten sind im Internet
über http://dnb.dnb.de abrufbar.

© 2024 Matthias Unverdorben

Verlag: BoD · Books on Demand GmbH,
In de Tarpen 42, 22848 Norderstedt
Druck: Libri Plureos GmbH, Friedensallee 273,
22763 Hamburg
ISBN: 978-3-7597-3130-2

Manchmal stellt uns das Leben Aufgaben, denen wir unverhofft gerecht werden müssen.

1

Emma Schinke war eine vom Leben gezeichnete Wasserstoff-Blondine Mitte Fünfzig. Die Falten in ihrem Gesicht, am Hals, sowie die Tränensäcke unter ihren Augen konnte selbst das teuerste Makeup nicht mehr verbergen. Schlecht gelaunt betrachtete sich Emma an diesem Morgen im Spiegel. Der Hüftspeck quilte über ihre zu Enge weiße Jeans und die rote Bluse, in die sie sich an diesem Morgen gezwängt hatte, tat ihr übriges. Emma zog sich die Hose noch etwas höher, griff sich im Anschluss in den über den Hosenbund überquellenden Speck, schüttelte verneinend mit dem Kopf verließ das Ankleidezimmer und ging ins Bad. Dort legte sie noch schnell gelangweilt und dem Gedankenverfallen das es sowieso unwichtig ist, etwas Lippenstift auf. Als auch das erledigt war ging sie in den Flur, griff sich die Autoschlüssel sowie ihren schwarzen Aktenkoffer und verließ das in Down Town befindliche Appartement, um sich auf den Weg zu ihrer Autowerkstatt in der Emmerson Street zu machen. Die Fahrt dorthin dauerte normalerweise zirka dreißig Minuten. Doch an diesem Morgen sorgte ein Stau dafür, dass Emma zirka eine Stunde brauchte, was ihr überhaupt nicht gefiel. Wütend reite sie sich in die Blechkolonne hupender Autos ein und wetterte vor sich hin. Als sie endlich in der Emmerson Street ankam, parkte Sie ihren schwarzen Mercedes vor dem alten, aus Backstein gemauerten Gebäude, nahm den schwarzen Aktenkoffer und stolzierte wie eine Diva in ihr kleines heruntergekommenes Büro. Dort angekommen verschloss Sie die Tür hinter sich, ging zu einem alten an der Wand stehenden grauen Aktenschrank, über dem sich ein Van Gogh Imitat befand, nahm das Bild herunter und verstaute den Aktenkoffer in dem dahinter befindlichen Safe. Im Anschluss goss Sie sich einen Whisky ein, setzte sich in den alten abgegriffenen braunen Ledersessel, der an ihrem Schreibtisch stand und schaute auf den Hof. Wo Sie Igor und Antonio entdeckte. Die beiden standen lachend vor einem alten Chevy und machten sich über irgendetwas lustig. Igor war ein kleiner hagerer humpelnder Russe, dem, während seines Afghanistan Einsatzes für die rote Armee, sein linkes Bein durch eine Granate zerfetzt wurde. Sein Gesicht war von Falten und kleinen Narben gezeichnet. Er trug immer eine abgegriffene

Hüftlange schwarze Lederjacke, dazu eine schwarze Stoffhose sowie schwarze Lederschuhe. Igor war Emmas rechte Hand, kümmerte sich um Emmas „anderen" Geschäfte und erledigte in diesem Zusammenhang auch wenn nötig die dazu gehörige Drecksarbeit. Soll heißen wenn Emmas Geschäftspartner aus der Halbwelt und der Politik, nicht das machten, was Emma wollte, brachte Igor Sie dazu es doch zu tun. Und wenn das nicht funktionierte, verschwanden Leute auch einfach mal.

Antonio hingegen war ein illegaler Mexikaner den Emma als Schlosser in ihrer Werkstatt beschäftigte. Im Gegensatz zu Igor war Antonio wohlgenährt mit Tätowierungen überseht und trug eigentlich immer einen schmuddeligen Blaumann.

„Dieses faule Pack, wofür bezahle ich diese Nichts-nutze eigentlich?", murmelte Emma vor sich hin. Voller Wut griff Sie zum Fensterriegel riss das Fenster auf und brüllte: „Igor schwing Dein Holzbein in mein Büro, wir haben etwas zu besprechen!", danach schloss sie das Fenster wieder, fläzte sich in ihren Sessel und steckte sich eine Zigarre an.

Igor der die Launen seiner Chefin kannte, machte sich sofort hinkend auf den Weg ins Büro. Antonio hingegen schüttelte verneinend den Kopf, und sagte süffisant grinsend: „Puta Estupida." (blöde Schlampe), zündete sich genüsslich eine Zigarette an und ging zurück in die Werkstatt. Als Igor endlich wie befohlen nach Luft japsend das Büro erreicht hatte, flog ihm schon ein: „Schön, dass Du es noch vor dem Mittagessen geschafft hast!" entgegen. Emma trommelte ungeduldig mit den Fingern auf den Tisch und maulte; „Mach die Tür zu, wir haben etwas zu besprechen." Nachdem Igor die Tür des Büros verschlossen hatte, setze er sich auf einen alten klapprigen Stuhl auf der anderen Seite des Schreibtisches schaute Emma an und fragte: „Was gibt es denn so wichtiges?"

Emma beugte sich etwas vor und fragte: „Kennst Du das Grundstück mit dem leerstehenden Haus hier in der Emmerson Street Nummer 7?" danach nahm Sie einen ordentlichen Zug von der Zigarre und pustete Igor den Qualm ins Gesicht.

„Ich mag diese Dinger nicht Chefin. Die werden Dich eines Tages noch umbringen!", antwortete Igor und versuchte mit der rechten Hand den Qualm vor seinem Gesicht weg zu wedeln.

„Ach Papperlapapp Igor, verschone mich mit Deinen Vorhersagen, beantworte lieber meine Frage.

„Ja kenne ich wieso?"

„Ich will dieses Grundstück haben!"

„Was willst Du denn mit dieser Müllkippe von einem Grundstück und der darauf befindlichen alten

Bruchbude?", unterbrach er Sie und fuhr fort; „Die Leute sagen das Haus ist verflucht! Das Ding, steht nicht ohne Grund, seit über fünfzig Jahren leer. Außerdem gehört es der Stadt und die verkaufen es Dir nie!"

Emma, die Zwischenkommentare oder generell Unterbrechungen, während Sie sprach, überhaupt nicht leiden konnte, schrie Igor wutschnaubend an: „Ich war noch nicht fertig Igor! Und im Übrigen habe ich mich bereits ausgiebig mit der Geschichte dieses Hauses beschäftigt und bei Gelegenheit, kann ich dir auch gerne mal etwas darüber erzählen. Aber jetzt beschäftigen wir uns erst einmal damit das Fünftausend Quadratmeter große Grundstück kostengünstig zu erwerben. Und ich habe auch schon eine Idee wie ich das anstelle. Im Übrigen Igor, ist es auch für Dich an der Zeit, den Tatsachen ins Auge zu sehen, das unsere Geschäfte in China Town über kurz oder lang umgelagert werden müssen."

Igor sah Emma daraufhin verständnislos an, kratzte sich am Kopf und fragte: „Warum das denn? Was ist denn so schlecht an China Town? Chao hat doch alles im Griff."

Emma rollte mit den Augen, als wollte sie sagen, jetzt unterbricht der mich schon wieder. Antwortete dann aber, „Und genau das ist das Problem Igor, ich

13

traue diesem kleinen Schlitzauge nicht mehr über den Weg."

„Aber warum das denn nicht? Er hat doch immer gemacht, was du willst. Ich verstehe das nicht. Die Bullen lassen uns dort in Ruhe. Mit den Nachbarn gibt es keinen Ärger. Alles ist doch gut so wie es ist." Und während er das sagte, schaute er Emma an, als wollte er eigentlich sagen, bitte Emma lass doch alles so wie es ist.

Emma schloss die Augen, schüttelte Augenscheinlich resignierend verneinend mit dem Kopf, gab einen tiefen Seufzer von sich und sagte entschlossen: „Igor es reicht! Jetzt ist Schluss mit der Diskussion." Woraufhin Igor, dem die Idee seiner Chefin nicht gefiel, er aber keine Lust mehr hatte, sich weiter dahin gehend zu verausgaben Emma den Kauf des Grundstücks auszureden, sichtlich gelangweilt fragte: „Und wie willst Du die Stadt dazu bringen, dass Sie Dir das Grundstück verkaufen? Bei den heutigen Grundstückspreisen kostet das Ding ein paar Millionen"

„Wer redet denn von Kauf Igor? Ich sagte Kostengünstig erwerben." Emma lehnte sich zurück, nahm erneut einen ordentlichen Zug, fing anzugrinsen stand auf und sagte: „Weißt du was Igor, es ist mir egal was du dazu zusagen hast. wir machen es so wie ich gesagt habe. Und wenn wir das Grundstück erst einmal haben, bitten wir die Staatsdiner zur Kasse."

Woraufhin Igor fragte: „Was hast du eigentlich vor?" Doch im selben Moment dämmerte es ihm und er beantwortete seine Frage gleich selbst: „Du willst sie erpressen Emma." Emma grinste daraufhin und antwortete: „Erpressung ist so ein schlechtes Wort Igor. Sagen wir so, jeder hat seine kleinen Leichen im Keller oder auch schwächen und wenn du diese kennst, kannst du sie nutzen, um das zu erreichen, was du willst. Hatte ich Dir erzählt, dass ich während meines Studiums mehrere Praktika in der Stadtverwaltung gemacht hatte? Glaub mir Igor ich weiß, wie die ticken. Sie nahm einen weiteren genüsslichen Zug von der mittlerweile recht kurz gewordenen Zigarre, legte diese danach in den auf dem Tisch stehenden Aschenbecher, ging Richtung Tür drehte sich zu Igor um und fragte: „Worauf wartest du? Komm mit und bring mir das Auto von Mister Chao, ich will ihm einen Besuch abstatten."

Igor schaute Emma bedenklich an, wollte eigentlich etwas sagen, folgte ihr aber dann doch wortlos in die Werkstatt. Dort angekommen, konnte er jedoch nicht innehalten und fing wieder an: „Emma ich glaube nicht das, dass eine gute Idee ist! Wir kommen doch gut zurecht mit der Autowerkstatt als Tarnung für unsere anderen Geschäfte. Ich habe ein ungutes Gefühl bei dem Haus. Glaube mir es ist verflucht?"

„Was für ein Haus?", fragte Antonio sofort interessiert. Als die beiden bei ihm in der Werkstatt auftauchten.

„Das geht Dich überhaupt nichts an Pancho! Sieh lieber zu, dass Du endlich mit dem Auto fertig wirst!", schrie Ihn Emma sofort an, drehte sich zu Igor um, hob drohend den Zeigefinger und sagte: „Und Du Igor höre genau zu! Ich sage es Dir jetzt zum letzten Mal. Ich werde mich darum kümmern. Und bis das erledigt ist, hältst Du die Klappe, hast Du mich verstanden?"

„Ja!", antwortete Igor mürrisch schaute Antonio an und fragte genervt: „Wo ist Chaos Auto?" Antonio der immer noch sauer über Emmas Reaktion auf seine Frage war nickte richtungsweisend mit dem Kopf in Richtung Garagentor und sagte: „Steht draußen, Schlüssel stecken, beugte sich wieder über den Chevy Motor, an dem er gerade schraubte und meckerte unverständlich vor sich hin.

Nachdem Emma in Mister Chaos Wagen Platz genommen hatte, schaute Sie Igor freundschaftlich lächelnd an und sagte: „Igor ich verstehe ja deine Zweifel, aber bis jetzt haben wir doch alles hinbekommen, oder?", worauf Igor nur wortlos bejahend mit dem Kopf nickte.

„Na, siehst du, hier nimm die Mercedes Schlüssel und komm mich in einer Stunde in Chinatown abholen!", gab Igor die Schlüssel und fuhr los. Die Fahrt nach China Town dauerte zirka zwanzig Minuten. Als sie, dass White Dragon erreicht hatte, betrat sie dieses über einen Seiteneingang. Eine schmale Feuertreppe führte sie hoch in den ersten Stock und als sie den dann folgenden schmalen Korridor, der nur Sperlich mit kleinen roten Lampen ausgeleuchtet war, bis zum Ende gefolgt war erreichte sie Chaos Büro.

Wo sie, nachdem Sie, ohne anzuklopfen einfach eingetreten war, mit einem freundlichen; „Hallo Miss Emma, ich hatte Sie gar nicht erwartet. Aber ich freue mich natürlich das Sie mich in meinem bescheidenen Heim besuchen.", von Mister Chao einem kleinen Glatzköpfigen hageren Mann, der in seinem weißen Flatterhemd mit schwarzer Schärpe und der dazu gehörigen weißen Hose aussah wie ein Shaolin Krieger, begrüßt wurde.

Und obwohl sich Emma, eigentlich über diese kleinen Anspielungen auf Eigentums Ansprüche, die sich hinter dieser von Mister Chao formulierten Begrüßung verbargen, wahnsinnig ärgerte, wusste Sie auch, dass Sie ohne die Hilfe von Chao in China Town kein Bordell betreiben konnte. Deshalb verbarg Sie ihren Ärger hinter einem aufgesetzten Lächeln und sagte: „Es ist

17

auch immer wieder schön hier zu sein Chao. Und wenn ich schon einmal da bin, beantworte mir doch gleich mal die Frage: „Wie laufen eigentlich unsere Geschäfte?" Chao nahm seine Tasse Jasmin Tee vom Schreibtisch, rührte mit einem kleinen Löffel in der Tasse und antwortete ruhig: „Die Geschäfte gehen gut, die Mädchen sind sehr fleißig, und der Verkauf des weißen Goldes läuft auch sehr gut. Die Nachfrage wird immer größer."

Emma lächelte zufrieden und fragte: „Hast Du die Kameras in allen Zimmern installiert, wie ich es Dir aufgetragen habe?"

„Aber natürlich Miss Emma!"

„Sehr gut und hast du auch schon ein paar Aufnahmen von unseren zwei Stadtverordneten?"

„Ja sicher habe ich die, die zwei kommen ja mittlerweile fast täglich hier her.", antwortete Chao mit einem triumphierenden Lächeln.

„Das passt ja sehr gut ich habe nächste Woche, nämlich einen Termin bei den beiden. Zeig mir die Aufnahmen."

Chao ging zu seinem Schreibtisch und sagte währenddessen: „Die Aufnahmen sind auf meinem Rechner, öffnete mit wenigen Klicks ein Videoprogramm und sagte: „Hier bitte Miss Emma." Nachdem Emma es sich an Chaos Schreibtisch bequem gemacht hatte und sich die Videoaufzeichnungen angeschaut hatte, fing sie an zu grinsen, stand auf und in einem triumphierenden Ton: „Gute Arbeit Chao! Damit habe ich diese kleinen Wasser predigenden aber Wein saufenden Volksvertreter genau da, wo ich Sie haben will." Chao, der über die Aussage von Emma sichtlich irritiert war, fragte daraufhin: „Aber Emma sagtest Du nicht, dass Diskretion bei uns oberste Priorität haben muss?"

Was bei Emma selbst für etwas Irritation sorgte, und so sagte Sie: „Bist du wirklich so naiv oder willst du mich verarschen, was glaubst du denn wofür ich die Kameras installiert habe? Ganz sich nicht um glückliche Besitzerin einer eigenen Pornosammlung zu sein. Sie stand auf, ging zur Tür, griff zur Klinke und meinte ohne Chao eines weiteren Blickes zu würdigen, „Mach mir Fotoabzüge von den Aufnahmen und schick mir diese heute noch per Expressboten." Sie öffnete die Tür blieb dann aber doch noch einmal stehen drehte sich zu Chao um und fragte in einem ernsten und zugleich bestimmenden Tonfall: „Sag mal Chao, ist es wirklich erforderlich, dass ich dir noch einmal unsere Vereinbarung der prozentualen Gewinnverteilung 70/30 erklären muss?"

Chao der von dieser Frage überrascht war schüttelte daraufhin nur verneinend mit dem Kopf.

„Dachte ich mir.", antwortete Emma triumphierend und sagte: „Ich hoffe das heute Abend im Hafen alles glatt geht und verließ das Büro.

Nach dem Emma weg war stand Mister Chao wie in Trance noch für ein paar Minuten in der Mitte seines Büros und starrte auf die geschlossene Tür, als würde er darauf warten das Emma zurückkommt und Ihm eine Kugel verpasst. Doch auf einmal schien er aus dieser Trance zu erwachen. Er stellte die Teetasse auf seinen Schreibtisch ab, setzte sich an seinen Rechner, fing an Fotoabzüge von den Videos zu machen und sagte währenddessen zu sich selbst: „Emma Schinke du kleine hochnäsige weißheutige Schlampe, dir werde ich es zeigen! Du wirst Dich noch wundern zu was ich imstande bin."

Igor wartete unterdessen in der Tiefgarage und als Emma zu Ihm in den Wagen stieg fragte er gleich neugierig: „Na Emma alles erledigt, wie geht es Chao?"

„Chao geht es scheinbar viel zu gut. „

Wie meinst du das?", unterbrach Igor sie.

„Unwichtig, das geht nur Chao und mich etwas an. Los fahr uns zurück zur Werkstatt." Und so machten sich die beiden wortlos auf den Rückweg. Bei der Werkstatt angekommen, ging Emma Schnur stracks in ihr Büro, verschloss die Tür, setzte sich an den Schreibtisch, griff zum Telefon und wählte eine

Nummer. Wo sich nach einem zweimaligen Rufzeichen, am anderen Ende der Leitung, eine freundliche junge weibliche Stimme meldete und sagte, „Sekretariat der Stadtverwaltung Boston, was kann ich für sie tun?"

Emma die gerne ohne viel Tamtam zum Punkt kam, antwortete darauf mürrisch: „Mein Name ist Emma Schinke und ich hätte gern einen Termin bei Jim Morrison und Tom Nicols."

Die Dame am anderen Ende des Telefons schaute auf ihren Computerbildschirm und antwortete, „Ich hätte einen Termin am Montag um zehn Uhr Miss Schinke?"

„Zehn Uhr passt mir sehr gut!"

„Sehr gut, dann trage ich Ich Sie für Montag Zehn Uhr ein. Sie starten mit Mister Morrison und im Anschluss habe ich Sie für Zehn-Uhr-dreißig bei Mister Nicols eingetragen. Kann ich sonst noch etwas für Sie tun Miss Schinke?"

„Nein das wäre alles!" Die Sekretärin des Rathauses wollte Emma noch ein schönes Wochenende wünschen, doch die hatte bereits aufgelegt, holte ihren Koffer aus dem Safe, ging in die Werkstatt. Wo sie sich suchend und: „Igor.", rufend nach selbigen umschaute. „Was gibt es Emma?", fragte Igor der gerade humpelnd aus dem Waschraum kam.

„Komm, begleite mich zu meinem Wagen." Währenddessen meinte Emma: „Chao soll heute Abend die Ladung Kokain aus dem Hafen abholen und ins White Dragon bringen. Ich möchte, dass Du ihn begleitest." Als Igor das hörte, schüttelte er verneinend mit dem Kopf zündete sich eine Zigarette an und dachte nur: „Dieses Babysittern geht mir auf den Wecker."

An ihrem Wagen angekommen schaute Emma auf die im Westen zwischen den Häusern untergehende Blutrote Sonne machte einen zufriedenen Seufzer und sagte: „Schau dir doch mal diesen schönen Sonnenuntergang an Igor!" Woraufhin Igor, der, derartige Gefühlsduseleien seiner Chefin nicht kannte, stirnrunzelnd fragte: „Geht es dir gut Emma?"

„Mir geht es sehr gut Igor! Aber dir scheint irgendetwas nicht zu passen. Also was ist los?" Igor zündete sich erneut eine Zigarette nahm einen ordentlichen Zug, wobei seine stark ausgeprägten Wangenknochen noch mehr zur Geltung kamen, schaute Emma an, blies dabei den Rauch in kleines Ringen aus seinem Mund und antwortete: „Es ist alles bestens Emma."

Emma schaute Igor daraufhin zwar skeptisch an stieg in ihren Wagen und sagte: „Ich werde das Wochenende in meinem Strandhaus auf Castle Island verbringen Wir sehen uns am Montag." Startete den Motor und fuhr davon.

Igor holte sein Telefon aus der Tasche, um Chao anzurufen, als es auf einmal in der Werkstatt mehrmals
knallte. Er steckte das Telefon wieder in die Tasche,
holte seine Pistole raus, lief in die Werkstatt und rief:
„Was ist los Antonio?" Doch dieser saß mit Tomek, einem Glatzköpfigen, großen und dicken Polen, der
ebenfalls für Emma arbeitete und gerade erst aus Über-
see zurück war, nur lachend auf einer Bank und
schaute auf ein leeres Ölfass, in dem die beiden mehrere Knallfrösche platziert hatten. Als Tomek, Igor mit
vorgehaltener Waffe erblickte drehte er sich lachend,
zu Antonio, wobei sich sein großer und fülliger Körper
wackelnd auf und ab bewegte und sagte nach Luft japsend: „Ich habe es Dir doch gesagt, der Russe war zu
lange in Afghanistan und jetzt her mit den Hundert
Dollar." Antonio holte ein Bündel Geldscheine aus der
Tasche, zog einen Hunderter raus und drückte ihn
Tomek in die Hand."
Igor war außer sich vor Wut. Er richtete seine Pistole
auf die beiden und sagte: „Am liebsten würde ich Euch
beiden Spinner jetzt abknallen." Tomek, merkte sofort
das Igor nicht zu Scherzen aufgelegt war, hob die
Arme und meinte: „Igor lass dass, das war doch nur ein
Spaß." Igor nahm die Waffe wieder runter und meinte
daraufhin: „Nur ein Spaß?", schaute wütend auf An-
tonio, der sich immer noch nicht einkriegte und brüllte:

„Und Du hör auf, zu lachen Pancho!" Da dieser aber seiner Aufforderung nicht folgte, hob Igor seine Waffe erneut und schoss Antonio in den Kopf." Danach schaute er wieder auf Tomek, der sich das Blut aus dem Gesicht wischte und sagte: „Da hast Du was zu lachen. So und jetzt lade den Chili-Fresser in den Kofferraum, wir haben noch etwas zu erledigen." Tomek schaute auf Antonios leblosen Körper, stecke sein Taschentuch wieder ein, holte eine Plane aus dem Lager wickelte Antonio darin ein, packte Ihn in den Kofferraum, stieg zu Igor ins Auto und fragte, „Warum hast du das gemacht?"

Igor schaute zu Tomek rüber und antwortete süffisant grinsend: „Weil ich es kann!", holte ein Taschentuch aus hielt es Tomek hin, zeigte mit seinem Zeigefinger auf Tomeks Stirn und sagte: „Du hast da noch was vergessen. Tomek nahm das Taschentuch und wischte sich erneut die Stirn ab. Doch als er das Taschentuch wieder runternahm und sah, dass sich darin etwas Gehirnmasse von Antonio befand, fing er augenblicklich an zu würgen, öffnete die Tür und übergab sich mehrfach.

Igor, der das ganze Szenario nur verneinend mit dem Kopfschüttelnd betrachtete, beugte sich zu Tomek rüber, griff ihm von hinten an den Kragen und zog Ihn mit den Worten: „So, jetzt krieg dich mal wieder ein, wir haben nämlich noch was zu erledigen." Zurück ins Auto, startete den Wagen und fuhr los.

Es war bereits Dunkel, als die beiden am Hafen ankamen. Chao war schon vor Ort und als er Igors wagen im Rückspiegel erkannte, stieg er aus seinem Wagen und ging zu den beiden die unmittelbar neben ihm anhielten. Nachdem Igor die Seitenscheibe seines Wagens geöffnet hatte, fragte Chao: „Hallo Igor, da du hier bist, scheint es mir das Emma mir nicht mehr vertraut?", woraufhin Igor nur lapidar antwortete: „Du weißt ja Chao, Vertrauen ist gut, aber Kontrolle ist besser." Chao beugte sich etwas runter schaute durch die Seitenscheibe an Igor vorbei auf Tomek, der immer noch kreidebleich war und fragte: „Was hast Du denn mit dem Riesenbaby gemacht, der sieht ja gar nicht gut aus."

Igor grinste daraufhin nur öffnete den Kofferraum von innen und sagte: „Schau in den Kofferraum."

Chao ging daraufhin zum bereits offenen Kofferraum, öffnete etwas die darin befindliche Plane an einem Ende und entdeckte den leblosen Körper von Antonio, der mit einer klaffenden Kopfwunde im Kofferraum lag. Die Wucht der Kugel hatte Antonios halbe Gesichtshälfte zerfetzt. Chao hielt sich angeekelt die Hand vor den Mund drehte sich zur Seite und fragte verneinend mit dem Kopfschüttelnd: „Was ist denn mit dem passiert?" Woraufhin Igor, der zwischenzeitlich aus dem Auto gestiegen war nur teilnahmslos mit der Schulter zuckend antwortete: „Er hat mich provoziert." Chao schaute Igor an, hob fragend beide Hände und wiederholte: „Er hat Dich provoziert? Schaute wieder auf Antonio schüttelte verständnislos den Kopf und sagte: „Igor Du solltest wirklich an Deinem Chi arbeiten. Das geht so nicht weiter. Weiß Emma schon davon?"

Igor dem das ganze scheinbar wirklich nichts auszumachen schien, meinte nur: „Ja wahrscheinlich hast Du mit deiner Chi Geschichte recht. Und nein Emma weiß es noch nicht ich werde sie später anrufen. Aber jetzt kümmern wir uns erst einmal um die Ware." Und so stiegen die beiden wieder in ihre Autos und machten sich auf den Weg in die Lagerhalle, wo sie schon von einem Security-Mitarbeiter an einem Container empfangen wurden. Nachdem Sie alle ausgestiegen waren, drückte Chao dem Security-Mitarbeiter einen Umschlag in die Hand. Dieser nahm den Umschlag öffnete Ihn schaute hinein, machte eine zustimmende Kopfbewegung, steckte den Briefumschlag in seine rechte Innentasche, nahm den an der Containerwand stehenden Bolzenschneider, entfernte die Zollplombe an der Containertür und sagte: „Ich denke den Rest schaffen sie alleine meine Herren." und verschwand wieder. Der

Container war voller Käse Paletten. Chao sprang auf die Paletten, lief nach vorne zum Container, holte nacheinander mehrere große schwarze Reisetaschen aus der Versenkung und trug sie nacheinander nach vorne zur Tür.

Igor, der Chao dabei die ganze Zeit nicht aus den Augen ließ, drehte sich nun zu Tomek, der die ganze Zeit Wort und regungslos, wahrscheinlich immer noch unter Schock stehend neben Igor ausharrte und fragte: „Auf was wartest du? Brauchst du eine extra Einladung, los lade die Taschen in Chaos Kofferraum." Was Tomek dann auch sofort machte. Nachdem das erledigt war, fragte Chao: „Und was machen wir jetzt mit dem da?" und zeigte dabei auf Igors Kofferraum.

Igor hob desinteressiert die Schultern und meinte: „Ganz einfach wir entsorgten Ihn im Hafenbecken."

„Und passiert, wenn Sie Ihn finden?" meldete Tomek sich genervt zu Wort, wobei er Igor anschaute, als wolle er sagen; „Du bist doch echt das letzte. Woraufhin Igor anfing zu lächeln und sagte, „Schaut euch den dicken an er kann wieder sprechen. Danach trat er ganz dicht an Tomek heran und meinte abfällig: „Und wenn schon, er ist ein illegaler Mexikaner für den interessiert sich kein Schwein! Und jetzt steig in das verdammte Auto du beschissener Fettsack. Sonst mach ich mit dir das gleiche!" Chao, der sofort daran dachte

27

das er aus dieser Sache einen Vorteil für sich ziehen könnte meinte daraufhin: „Ich kenne da eine Stelle im Hafen, wo wir ihr zwei seine Leiche verschwinden lassen könnt, los folgt mir." Und so stiegen die drei wieder in ihre Autos verließen die Lagerhalle und fuhren an eine abgelegene Stelle im Hafen. Dort angekommen stiegen Sie aus, schauten sich um und als die Luft rein zu seien schien, holte Tomek Antonio aus dem Auto band ihm einen fetten Steinblock an die Füße und warf Ihn unter erheblicher Anstrengung ins Wasser. Als das erledigt war, stiegen sie wieder in ihre Autos und machten sich auf den Weg ins White Dragon. Während der Fahrt dorthin, rief Igor noch einmal Emma an, um sie über alles zu informieren. Diese saß bereits vor dem knisternden Kamin ihres Wochenendhauses und genehmigte sich gerade einen zwanzig Jahre alten Single-Malt als auf einmal das Telefon klingelte. „Was gibt es Igor?" fragte sie und nahm einen Schluck aus ihrem Glas.

Igor zögerte kurz holte tief Luft, denn er wusste dass das, was er Emma gleich sagen würde, dazu führen konnte das Sie total ausrastet und so begann er erst einmal damit ihr zu sagen, dass alles erledigt ist.

„Ich wollte Dir nur sagen, dass alles erledigt ist. Aber da wäre noch eine Sache."

„Was denn noch?"

„Antonio ist Tod!"

„Antonio ist Tod?" frage Emma verwundert.

„Ja ich habe ihn erschossen."

„Warum in drei Teufelsnahmen hast Du Antonio erschossen Igor?" schrie Emma ihn an.

„Er und Tomek haben mich provoziert?"

„Provoziert?", unterbrach Sie Ihn wütend, schleuderte ihr Whiskeyglas in den offenen Kamin und fuhr fort; „Du hast sie doch nicht mehr alle! Und wer soll sich jetzt um die Werkstatt kümmern Igor?"

„Die Werkstatt? Was hat die denn damit zu tun."

Emma holte tief Luft holte sich ein neues Glas aus der alten Zedernholzvitrine, die in der Nähe des Kamins stand, ging zurück setzte sich wieder in ihren Lieblingssessel, goss sich erneut einen Whiskey ein, nahm einen ordentlichen schluck und sagte in einem ruhigen und gelassenen Ton: „Weißt du was Igor, ich habe heute keine Lust mehr mir darüber den Kopf zu zerbrechen wir klären die Sache am Montag nach meinem Termin im Rathaus. Ich gehe mal davon aus das ihr die Leiche bereits entsorgt habt?" Igor der von der plötzlichen Gelassenheit seiner Chefin doch sichtlich überrascht war antwortete zögerlich: „Ja, Emma, das haben wir. Chao hat mir dabei geholfen." Emma schüttelte daraufhin nur verständnislos mit dem Kopf und meinte: „Chao weiß auch davon? Na super!" und legte noch bevor Igor etwas darauf erwidern konnte, auf, schmiss ihr Telefon auf den kleinen Beistelltisch, der neben ihrem Sessel stand, lehrte ihr Glas in einem Zug, lehnte sich zurück und starte nachdenklich in das Feuer des brennenden Kamins.

2

Als Emma pünktlich um zehn Uhr am Montagmorgen in dem zwischen 1963-1968 errichtete Rathaus, einem hässlichen grauen Gebäude, was aussah, als hätte man Ihm eine Krone aufgesetzt erschien, wurde Sie von einer jungen Dame am Empfang freundlich mit den Worten: „Guten Morgen, mein Name ist Nicole wie kann Ich Ihnen behilflich sein?", begrüßt. Emma schaute ihr gegenüber wortlos an runzelte die Stirn und war natürlich sofort von der Schönheit dieser jungen Frau Mitte zwanzig, ihrer schlanken Figur, der strafen und gesunden Gesichtshaut, ihrem vollen schwarzen schulterlangen Haar und ihre zierlichen kleinen Lippen, die durch das Auftragen von dezent rotem Lipgloss perfekt in Szene gesetzt waren, sofort angewidert und antwortete mürrisch, „Ich bin Emma Schinke und habe einen Termin bei Mister Morrison und Mister Nicols." Nicole schaute daraufhin auf den Bildschirm ihres Laptops und antwortete kurz darauf mit einem zufriedenen Lächeln: „Ja, da habe ich sie schon gefunden Miss Schinke! Mister Morrison finden Sie im ersten Stock in Zimmer sieben und Mister Nicols in Zimmer dreizehn. Viel Erfolg und einen schönen Tag!"

Emma schaute daraufhin Nicole mit einem Gesichtsausdruck an, der zu sagen schien; „Wenn du noch ein freundliches Wort von dir gibst, du kleine Kröte, dann schlage ich dir so lange in dein wunderschönes Gesicht, bis nichts mehr an Schönheit übrig ist. Doch anstatt dies zusagen, hoben sich ihre schlaffen Mundwinkel zu einem aufgesetzten Lächeln und Sie antwortete: „Vielen Dank und ich wünsche Ihnen natürlich auch einen schönen Tag Nicole." Im Anschluss machte Sie sich auf den Weg zum Fahrstuhl.

Jim Morrison alias Josef Meyer hatte zum Mauerfall 1989 mit nur einunddreißig Jahren bereits eine beachtliche Kariere in der DDR gemacht. Nach seinem Studium in Moskau wurde er Polit-Offizier bei den DDR-Grenztruppen, Mitglied der SED und Verbindungsoffizier für das MFS. Natürlich durchkreuzte der scheinbar missverstandene Zettel eines DDR-Politikers und die damit verbundene Grenzöffnung auch seine weiteren Karrierepläne im Osten. Und so nutzte er seine Stasi-Kontakte und wanderte mit falschen Papieren nach Amerika aus. Dort ließ er sich in

Boston nieder, heiratete er eine Demokratin und übernahm nach seiner Einbürgerung einen Posten im Rathaus, wo er für den Bereich Bauen und Planen, aber auch für die Verwaltung und den Verkauf von Immobilien der Stadt Boston verantwortlich war. Mittlerweile war dieser einst sportlich aussehende Mann, zu einem Fettleibiegen Grauhaarigen Mann mutiert. Seine Stirn war von tiefen Falten durchzogen, das graumelierte Haar und seine buschigen Augenbrauen gaben ihm ein ungepflegtes Äußeres.

Emma waren die Geheimnisse über die wahre Identität des Stadtverordneten Morrison natürlich genauso bekannt, wie seine Vorlieben für sehr junge asiatische Mädchen. Natürlich ahnte dieser nicht was ihn unmittelbar bevorstand, als er an diesem Montagmorgen in seinem Büro vor seinem Laptop saß und zwei asiatische Mädchen dabei zusah, wie sie sich gegenseitig befummelten. Und deshalb klappe er auch völlig unbeeindruckt selbigen zu, als es an seiner Tür klopfte und begrüßte Emma nach dem Eintreten mit einem freundlichen: „Ah da kommt ja schon mein zehn Uhr Termin. Guten Morgen, Miss Schinke, wie kann ich Ihnen helfen?"

Emma, die die Ahnungslosigkeit von Morrison natürlich ausnutzte, erwiderte in einem überheblichen Ton:

„Guten Morgen, Mister Morrison oder sollte ich besser Josef Meyer sagen? Wie geht es ihrer Frau? Ich muss schon sagen, nicht schlecht, wenn man bedenkt, dass ihnen drüben vielleicht ein Mauerschützen-Prozess gedroht hätte!"

Im selben Moment verlor Morrison die Fassung, sprang auf und fragte in einem Anflug von Hysterie: „Was wollen Sie von mir, Miss Schinke?"

Emma machte durch ihr freches Grinsen, keinen Heel daraus, Morrison damit zu bekunden, dass Sie es zu genießen schien, wie er die Fassung verloren hatte. Sie setzte sich auf einen der zwei mit braunem Rindsleder bezogenen Holzstühle, die vor Morrisons Schreibtisch standen, schlug das rechte über das linke Bein, schaute Morrison der zwischenzeitlich ebenfalls wieder Platz genommen hatte an und fragte: „Kennen Sie das Grundstück in der Emmerson Street Nummer sieben?"

„Natürlich, es gehört ja der Stadt!", antwortete Morrison ruppig.

„Und wie sieht es mit dem White Dragon in Chinatown aus? Ich habe gehört, dass Sie diesem des Öfteren einen Besuch abstatten." Morrisons Gesicht färbte sich erneut dunkelrot, sein linkes Augenlied fing an zu zucken, sein Herz pumpte, wie verrückt, so dass er das Gefühl bekam, keine Luft mehr zu

34

bekommen und fragte mit bebender Stimme: „Was wollen Sie von mir?"

Auf Grund ihres überheblichen Lächelns konnte man Emma ansehen, wie sie es genoss Morrison in dieser Situation zu sehen. Sie schlug die Beine wieder auseinander, rückte sich auf dem Stuhl zurecht, schlug nun das linke über das rechte Bein und antwortete mit ruhiger Stimme: „Ich interessiere mich für dieses Objekt."

„Was habe ich damit zu tun? Wenn sie dieses Grundstück kaufen wollen, müssen einen Kaufantrag bei der Stadt Boston stellen.", unterbrach Morrison, Emma immer noch sichtlich genervt, lehnte sich in seinem Stuhl zurück und verschränke die Arme. Emma schüttelte daraufhin nur verständnislos mit dem Kopf fing an zu lächeln und sagte: „Ich glaube, Sie haben mich falsch verstanden, ich sagte günstig erwerben, nicht kaufen. Das ist auch der Grund meines Termins bei Ihnen. Sie werden nämlich dafür sorgen, dass das ganze unkompliziert und zeitnah erledigt wird. Ich habe hier etwas für Sie und ich denke, dass Ihnen der Inhalt ihre Entscheidung, mich zu unterstützen, erleichtern wird." Danach nahm Sie einen DIN A 5 großen Umschlag aus ihrer Handtasche, schob diesen zu Morrison rüber und meinte mit einem überheblichen Unterton: „Ich denke, wir verstehen uns! Ich würde gerne noch weiter mit Ihnen plaudern, aber ich habe jetzt noch einen Termin bei ihrem Kollegen Nicols. Also machen Sie es gut, Mister Morrison. Und ich denke wir hören bald wieder voneinander."

Nachdem Emma das Büro verlassen hatte, öffnete Morrison den Umschlag und schaute hinein. Aber außer zwei Bündel Geldscheine, ein paar Fotos war nichts drin. Morrison holte das Geld und die Fotos aus dem Umschlag. Bei dem Geld handelte es sich um zwei Bündel Hunderter mit Original-Bankbanderolen, auf denen $5000 stand.

Die Fotos waren im White Dragon aufgenommen worden und zeigten ihn mit ein paar leicht bekleideten, sehr jungen asiatischen Mädchen.

Als er die Fotos betrachtete, fing sein Herz erneut an dermaßen das Blut durch seine Adern zu pumpen, das sich sein Gesicht rot färbte und er das Gefühl bekam zu ersticken. Mit zitternden Händen und einem resignierenden; „Verdammt was kann ich tun, wenn das rauskommt, bin ich erledigt!" steckte er das Geld und Fotos zurück in den Umschlag, packte diesen in seine Aktentasche und griff zum Telefon. Als Emma sich auf den Weg zu Nicols machte, stand der gerade in Gedanken versunken am Fenster, während sein Telefon unaufhörlich klingelte.

Tom Nicols unterschied sich in so einigem von seinem Kollegen Morrison. Er war nicht nur jung sportlich und ambitioniert, nein er wusste auch die politischen Kontakte seines Vaters, einem hoch dekorierten Marine Colonel, für seinen bevorstehenden Wahlkampf als Bürgermeisterkandidat zu nutzten.

Er war ein Macher und überließ nichts dem Zufall. So glaubte er jedenfalls Allerdings ahnte auch er nicht, was als nächstes passieren würde, nachdem Emma mit einem: „Guten Morgen, Mister Nicols.", in seinem Büro auftauchte. Nicols drehte sich scheinbar immer noch in Gedanken versunken um und fragte mit einem Hauch von Überheblichkeit: „Wie kann ich Ihnen helfen?"

Was Emma, die natürlich die überhebliche Art von Nicols spürte, sofort dazu veranlasste zum Punkt zu kommen und in demselben überheblichen Ton antwortete: „Das kann ich Ihnen sagen Mister Nicols, ich habe gerade mit ihrem Kollegen Morrison über den Erwerb des Grundstücks in der Emmerson Street Nummer Sieben gesprochen. Ich plane dort ein soziales Wohnungsbau-Projekt." Nicols ließ sich daraufhin in seinen Schreibtischsessel fallen, und fragte mit einem abfälligen Grinsen im Gesicht: „Sie meinen doch nicht etwa das Rattenhaus. Oder?"

Emma war über den Umstand das Nicols die gleiche Bezeichnung für das Haus wie Igor benutzt hatte, sichtlich überrascht. Nicols der das natürlich merkte sagte daraufhin: „Sie scheinen überrascht zu sein. Ich gehe mal davon aus, dass der Grund dafür darin liegt das ich die gleiche Bezeichnung für das Haus benutzt habe, wie es der Volksmund macht."

Emma die zwischenzeitlich ohne Aufforderung Platz genommen hatte, schaute Nicols mit einem Blick an, der zu sagen schien; „Du kleiner Arroganter Schnösel was glaubst du eigentlich wer du bist, und antwortete: „Ich bitte Sie Mister Nicols, Sie sind der Leiter dieser Behörde und beabsichtigen für das Amt des Bürgermeisters zu kandidieren. Da gehe ich mal davon aus das sie über Volkes Mund Bescheid wissen. Was mich allerdings wenig. Ich bin heute hier, um Ihnen zu sagen, was sie für mich tun werden."

Woraufhin Nicols überheblich zu lächeln, begann und fragte: „Und das wäre ihrer Meinung nach was?"

Emma lehnte sich etwas schrägsitzend zurück, stützte den Ellbogen ihres rechten Armes auf der Stuhllehne ab, nahm Daumen und Zeigefinger der rechten Hand fasste sich an ihre Mundwinkel, fing an zu grinsen und sagte: „Ganz einfach Sie und ihr Kumpel Morrison werden dafür sorgen dass ich dieses Grundstück und die Fördermittel erhalte. Nicols fing daraufhin laut an zu lachen und fragte: „Das ist ja lächerlich, Und was passiert wenn ich es nicht mache?"

Emma beugte sich etwas vor, holte einen weiteren Umschlag aus ihrer Handtasche, schob diesen zu Nicols rüber und sagte in einem ruhigen, aber entschlossenem Tonfall: „Dann beende ich mit den Bildern in diesem Umschlag ihre politische Kariere, bevor sie überhaupt richtig begonnen hat", stand auf, im Begriff das Büro zu verlassen, als Nicols auf einmal aus seinem Sessel aufsprang und schrie: „Was glauben Sie eigentlich, wer, Sie sind? Denken Sie, ich weiß nicht, wo dieser fahnen- flüchtige Wendehals Morrison herkommt und was er drüben gemacht hat? Mein Vater ist ein hochdekorierter Colonel mit Beziehungen zur CIA."

Emma schaute ihn daraufhin nur lächelnd an, drehte sich um, ging zur Tür und meinte überheblich: „Na, da bin ich ja mal gespannt, wie Ihr Vater das findet, wenn kurz vor der Bürgermeisterwahl herauskommt, dass sich sein Sohn, als frisch gebackener Ehemann und Vater von zwei kleinen Mädchen dreimal die Woche mit vierzehnjährigen asiatischen Nutten im White Dragon amüsiert!" und verließ das Büro.

Nicols außer sich vor Wut, sagte zu sich selbst, während er hastig den Umschlag öffnete: „Was bildet sich diese Person eigentlich ein?" Doch als er sah, was sich im Inneren befand, verschlug es ihm dann doch die Sprache. Neben zwei Bündeln Hunderter fand auch er ein paar sehr anzügliche Bilder von sich und ein paar leicht bekleideten, noch kindlich wirkenden Mädchen. Wutentbrannt stopfte er alles zurück in den Umschlag, warf diesen in seine Schreibtischschublade und griff zum Telefon. Wo sich kurz darauf am anderen Ende der Leitung Morrison hörbar genervt fragte: Warum gehst Du nicht ans Telefon Tom?"

Nicols dem klar war, dass diese Bilder wenn Sie an die Öffentlichkeit gelangen, dass aus für seine politische Kariere bedeuteten würde, brüllte ins Telefon: „Was bildest Du kleiner Kommunist Dir eigentlich ein?"

„Jetzt komm mal wieder runter", unterbrach ihn Morrison wütend und fuhr fort „Ich gehe mal davon aus, dass du gerade Besuch von Emma Schinke hattest und sie Dir ebenfalls einen Umschlag übergeben hat, in dem sich neben zwei Bündel Hunderter auch kompromittierende Bilder von dir und ein paar Asia Nutten aus dem White Dragon befunden haben, richtig?"

Nicols überlegte kurz ob es richtig war Morrisons Annahme zu bestätigen antwortete dann aber doch mit einem einfachen: „Ja!"

„Habe ich es mir doch gedacht! Dann werden wir ihr die alte Bruchbude überschreiben und die zum Ausbau benötigten Fördermittel genehmigen!

Nicols schüttelte verneinend mit dem Kopf und fragte wütend: „Willst du sie etwa damit durchkommen lassen? Das, was sie macht, nennt man Erpressung."

Woraufhin Morrison anfing zu lachen und fragte: „Und was willst du jetzt machen Tom? Etwa zur Polizei gehen, denen den Umschlag auf den Tisch legen und sagen: „Bitte helfen sie mir Officer, Emma Schinke kam gerade in mein Büro und hat versucht mich mit zehn Tausend Dollar und kompromittierenden Fotos zu erpressen."

Woraufhin Nicols nichts antwortete.

Morrison nutzte dieses Schweigen und sagte in einem ruhigen, aber entschiedenen Ton: „Höre zu Tom, Ich weiß, wie das läuft mit öffentlichen Denunzierungen. Damit haben wir schon früher westliche Geschäftsleute oder Systemverweigerer unseres Landes mundtot gemacht. Meine Güte, das ist doch nicht unser Geld, mit dem wir hier spielen dürfen. Was interessiert es Dich, wer für was Fördermittel erhält." Nicols, der inzwischen wieder entspannter war, dachte kurz nach und sagte dann: „Eigentlich hast Du recht, Jim! Was geht es uns an, wichtig ist, dass wir am Ende so weiter machen können wie bisher."

Morrison der mit dieser Antwort mehr als zufrieden war lehnte sich gemütlich in seinen großen Ledersessel zurück und sagte mit einem triumphierenden Lächeln: „Na also, Tom, und ich denke, dass zehntausend Dollar Taschengeld auch nicht zu verachten sind, oder? Ich habe heute noch eine Sitzung mit dem Finanzausschuss. Die Stadt muss sparen und so werde ich den Damen und Herren ans Herz legen, sich von diesem Kostenfaktor zu befreien. Und falls wirklich einer quer- schlägt, verkaufe ich ihnen die günstige Übernahme durch einen Investor noch damit, dass dieser ein soziales Wohnungsbau-Projekt plant. Mach Dir mal keine Gedanken, Tom, morgen früh hast Du den Beschluss zur Absegnung auf dem Tisch! Bereite schon mal alles vor und sieh zu, dass die Fördergelder auch bereitstehen."

Nicols hatte sich zwischenzeitlich ebenfalls gesetzt drehte sich mit seinem Schreibtischstuhl Richtung Fester, schaute auf die auf dem Gehweg hastig hin und her laufenden Passanten und antwortete in einem überheblichen Tonfall: „Ich bin damit einverstanden, und weißt du was Jim, ich werde mir dieses geplante soziale Wohnungsbau-Projekt für meinen Wahlkampf nutzen. Du weißt doch, der Pöbel steht auf Politiker, die sich augenscheinlich für ihn einsetzen."

Im Anschluss beendeten beide ihr Telefonat.

Und wie zu erwarten war, ging dann alles auch wirklich alles seinen mehr oder weniger unbürokratischen Weg und Emma Schinke oder besser gesagt ihre neu gegründete Immobilienfirma Ost-West Immobilien LTD, wurde die neue Besitzerin des Grundstücks in der Emmerson Street Nummer sieben.

3

Es war ein sonniger, aber kalter Februarmorgen als Emma mit Igor das mit Müll und Unkraut übersäte Grundstück in der Emmerson Street Nummer sieben welches Sie durch ein großes altes mit diversen Verschnörkelungen versehenes Metalltor betraten. Eine dahinter liegende zirka zwanzig Meter lange aus kleinen Granitsteinen gepflasterte Auffahrt führte Sie zum Haus. Doch nachdem die beiden an dem, einem noch aus der Gründerzeit stammenden roten Klinkerbau, bei dem die Stuckornamente bereits abbröckelten und nicht ein einziges Fenster auf den vier Etagen intakt war, ankamen, überkam Igor wieder eine böse Vorahnung und er meinte, „Ich habe ein ganz komisches Gefühl bei dem Haus, Emma. Ich glaube, dieses Haus ist unser Verderben!"

„Ach, papperlapapp Igor. Ich hatte dir doch gesagt, dass ich dir bei Gelegenheit die wahre Geschichte zu diesem Haus erzählen werde. Wusstest du, dass dieses vom Volksmund als Rattenhaus bezeichnete Gebäude, Mitte des 18. Jahrhunderts bereits ein Edelbordell war, in dem sich Richter, Staatsanwälte, Stadtverwalter und Geschäftsleute der Stadt Boston fast täglich die Klinke in die Hand gaben, oder sich für zu geheimen Sexorgien trafen? In diesem Haus gingen die Herren aber nicht nur ihren sexuellen Vorlieben nach, hier besprachen sie auch ihre Geschäfte und Entscheidungen über die Stadt. Was sich bis Mitte des 19. Jahrhunderts so hinzog. Die Gruppe wuchs und wuchs und wurde immer einflussreicher. Egal, welche Art von Geschäften man machen wollte, sie bestimmte darüber. Das nennt man übrigens Macht, Igor.

Doch dann auf einmal kamen Mitglieder dieser Gruppe bei mysteriösen Unfällen ums Leben oder wurden ermordet. Die Leute fingen daraufhin an zu glauben, dass sie einen Pakt mit dem Teufel geschlossen hatten. Das ist auch der Grund, warum es seitdem leer steht, und die Leute behaupten, es sei verflucht. Ich glaube allerdings nicht an solche Ammenmärchen. Meine Mutter hat immer gesagt, das Spiel mit der Angst gelingt schon seit Menschengedenken und Aberglaube, ist nichts weiter als eine andere Form der Angstverbreitung." Emma schaute Igor an und fügte lächelnd hinzu: „Wie sagte schon der König zum Bischof, Halt du sie dumm, ich halt sie arm!‘"

„Ja, aber Emma."

„Nichts aber, komm, wir schauen uns die Sache mal von Innen an." Doch die große Eingangstür ließ sich nicht öffnen, bis Igor sich mit einem Stoß dagegen warf. Die Tür sprang auf, knallte gegen die Innenwand und scheuchte somit mehrere Tauben auf, die nun über das mit Löchern übersäte Dach das Weite suchten. Igor schaute sich angeekelt um und erblickte auf einmal eine Ratte. Diese saß zirka drei Meter vor Ihnen auf den Hinterbeinen, schaute die Beiden schnüffelnd an, als wollte sie sagen; „Kommt nur herein und es wird euer Untergang sein."

Igor stapfte daraufhin mit dem Fuß auf den alten Holzboden und rief in einem Anflug von Hysterie: „Verschwinde du ekelhaftes Vieh." Emma schüttelte nur mit dem Kopf und sagte: Komm wir schauen uns mal den Keller an, öffnete eine Tür und fuhr fort: „Ich glaube hier geht's runter."

Während sie die alte Holztreppe in den Keller hinunterstiegen, blieb Igor der sich scheinbar wieder beruhigt hatte auf einmal stehen und sagte: „Ich frage mich wirklich, wie du es geschafft hast, dass sie dir diese Bruchbude so unkompliziert und schnell verkauft haben?" Im selben Augenblick fing Emma an überheblich und laut zu lachen an wobei ihr fülliger Körper in Wallung geriet und antwortete: „Ich habe dieses Haus nicht gekauft! Ich habe mir die sexuellen Neigungen zweier Herren der Stadtverwaltung für junge asiatische Nutten zu Nutze gemacht und sie damit kompromittiert!" Igor schaute Emma daraufhin mit einem Blick an, der zu sagen schien; „Es macht keinen Sinn dich von diesem Vorhaben abzuhalten Du bist die Verkörperung des Bösen.", ging weiter und entschied sich dazu von nun an wieder ein braver Soldat zu sein, der die Befehle seiner Chefin kommentarlos befolgt nichts mehr hinterfragt und wenn es erforderlich ist auch für sie tötet.

Im Keller angekommen leuchteten Sie alles mit ihren Taschenlampen ab und Inspizierten nacheinander, drei der vier im Keller befindlichen Räume, wobei sie feststellten und dass an einigen Stellen der außen Wände, Wasser in kleinen Rinnsalen die Wände lang runter lief. Was auch der Grund dafür war das es alt und muffig roch. Nachdem sie sich einen Überblick verschafft hatten, blieben Sie vor einer Metalls Tür, die sich im Eingangsbereich des Kellers befand und hinter der sich der vierte Raum verbarg, stehen. Als Igor die quietschende Metalltür geöffnet hatte, betraten Sie den Raum und ließen ihre Taschenlampen erneut umherwandern. Auf einmal sagte Emma: „Perfekt in diesem Raum wird die Gasanlage für die Heizung und die Pumpen für die Wasserversorgung und Klimaanlage verbaut." Igor der das ganze mittlerweile teilnahmslos und Emmas sichtliche Euphorie nicht teilte, fragte daraufhin nur gelangweilt: „Und was hast du mit den anderen drei Räumen vor?"

„Das kann ich dir sagen mein Freund, das werden Spielzimmer für unsere besonderen Gäste. Hier unten hört auch nicht gleich jeder die Schreie, wenn Mami dem bösen Jungen den Arsch versohlt."

Igor blickte Emma daraufhin lächelnd an un sagte Emma du bist echt der Teufel! Hast du eigentlich mal darüber nachgedacht was wohl passiert wenn wir anfangen das Ding hier zu renovieren. Denkst du nicht das die beiden Stadtverordneten, die du kompromittiert hast, dir ärger machen werden. Denn wie mir Chao erzählt hat, waren die beiden seit deinem Besuch bei Ihnen nicht mehr im White Dragon." Emma wandte sich Igor zu, streichelte ihm mütterlich über seine knochige Wange und fragte: „Du denkst das sich die zwei an mir rechen wollen und mir deshalb die Baubehörde auf den Hals hetzen? Na und, wenn schon, sollen sie doch kommen, dann werde ich auch dafür eine Lösung finden!" wobei sie eine abfällige Handbewegung machte den Raum wieder verließ und meinte: „Komm, lass uns jetzt noch die oberen Etagen und das Dachgeschoss inspizieren." Und während sie sich auf den Weg über eine alte knarrende Holztreppe nach oben machten und dabei die anderen Etagen inspizierten, setzte Emma, Igor darüber in Kenntnis, dass sie wünscht, das er die Bauarbeiten überwacht und setzte Ihn auch gleich noch darüber in Kenntnis das Sie einen Parkhaus Anbau plant. Was dazu führte das Igor, nachdem er gehört hatte, dass er die Bauarbeiten überwachen soll, verständnislos die Stirn runzelnd fragte: „Wie, jetzt soll ich auch noch den Babysitter für deine Bauarbeiter spielen? Und was soll das überhaupt mit dem Parkhaus?"

Emma hatte allerdings keine Lust sich erneut Igor gegenüber zu erklären und so antwortete Sie nur lapidar: „Lass mich nur machen.", und ging weiter. Im obersten Geschoss oder besser gesagt direkt unter dem Dach angekommen, schaute sich Emma um und meinte euphorisch: „Das wird ein Loft mit lichtdurchflutendem Glasgiebel, Dachterrasse und Blick über Boston." Igor, der weder die Euphorie seiner Chefin teilte noch die Gabe zu bildlicher Vorstellung besaß, antwortete darauf nur „Aber das ist der Trockenboden, Emma!" Emma die auf Grund der Tatsache, dass Igor nicht im Stande war die Euphorie für das Projekt zu teilen, meinte in einem genervten und abwertenden Ton: „Weißt du was Igor, das ist mir hier zu anstrengend mit dir, du hast echt keine Fantasie! Komm, wir fahren zurück in die Werkstatt."

Und so machten sich die beiden wieder auf den Weg zurück. Wieder in ihrem Büro angekommen tätigte Emma ein paar Anrufe, ließ sich von dem für seine unkomplizierte Arbeitsweise, bekannten Architektenbüro Simon & Simon ein paar Baupläne fertigen und fing an zu bauen. Es war ein sonniger achter März, als die Bauarbeiten in der Emmerson Street schon voll in Gang waren. Das Dach war bereits neu eingedeckt, die Fenster und die Fassade erneuert, selbst, das einstöckige Parkhaus, welches auf der Rückseite des Hauses befand und über das erste Obergeschoss einen Zugang hatte, war bereits fertig.

Igor, der sich auf Grund der ihm übertragen Aufgabe die Bauarbeiten zu überwachen, auf der Baustelle befand und gerade auf dem Weg in den ersten Stock war, als sein Telefon klingelte. Es war Emma, die Ihn mal wieder mit irgendwelchen nervte.

„Igor, hast du dem Trockenbauer gesagt, er soll zusehen, dass er die Woche die ersten zwei Etagen fertig wird und darauf achten soll, dass alle Wohnungen dieselbe Zimmeraufteilung haben. Nicht, dass sich noch eins der Mädchen benachteiligt fühlt"

Igor dem das ganze Bauvorhaben und seine damit verbundene Aufgabe, mittlerweile sichtlich nervte verdrehte die Augen und antwortete: „Ja, Emma, das habe ich ihm schon gesagt aber der Elektriker muss erst noch ein paar Leitungen erneuern."

„Warum? Funktionieren die alten nicht mehr?", fragte Emma die sich zu diesem Zeitpunkt auf dem Hof ihrer Werkstatt befand und gerade im Begriff war zu ihrem Auto zu gehen, um Chao einen Besuch abzustatten. Doch bevor Igor die Möglichkeit hatte etwas darauf zu antworten sagte Emma: „Weißt du, was Igor ich komme, einfach mal zu dir und schaue mir die Sache selbst an.", und legte auf.

Nachdem Emma dann zirka zwanzig Minuten später auf der Baustelle erschienen war, inspizierte Sie in Begleitung von Igor alle Etagen und sagte, als Sie wieder unten angekommen waren: „Du machst das alles sehr gut Igor. Ich fahre jetzt zu Chao. Wenn irgendetwas ist, kannst du mich übers Telefon erreichen!" und ging zurück zu ihrem Auto, welches auf der Straße stand. Doch als Emma gerade im Begriff war einzusteigen, rief jemand: „Hallo! Miss Emma Schinke?" Emma drehte sich um und sah zwei Frauen hinter sich angelaufen kommen, die in ihrer äußeren Erscheinung auch gut als Dick und Doof durchgegangen wären. „Was wollen die denn?", brabbelte Emma in sich hinein.

„Sind Sie Miss Emma Schinke?", fragte sie dann eine der beiden, eine mittelgroße, dicke und aufgrund ihrer Körperfülle doch etwas unvorteilhaft gekleidete Frau.

„Wer will das Wissen?", erwiderte Emma daraufhin in einem ruppigen Ton. Was dazu führte das die mittelgroße Dicke, die scheinbar auch die Rädelsführerin war in einem überheblichen Ton antwortete: „Mein Name ist Urban und das hier ist Miss Lehmann." Dabei zeigte sie mit einer Kopfbewegung auf die Person neben sich, eine etwas kleinere, hagerere Frau, die Emma nur verlegen anlächelte und dcn Eindruck erweckte, als wäre ihr das Auftreten ihrer Kollegin sichtlich unangenehm. Emma schaute die beiden an und musste sofort daran denken, was Igor zu ihr nach der Übernahme, während der ersten Besichtigung des Grundstücks gesagt hatte, und antwortete in demselben überheblichen Ton, dem sich schon Miss Urban bemächtigt hatte: „Und mein Name ist wie sie bereits zu wissen scheinen Emma Schinke, was aber nicht erklärt, warum sie mich an so einem sonnigen Tag auf der Straße belästigen?"

„Wir sind von der unteren Bauaufsichtsbehörde der Stadt Boston. Mister Nicols und Mister Morrison haben uns darüber informiert, dass Sie dieses Grundstück gekauft haben und wie ich sehen kann, (dabei zeigte sie mit einer richtungsweisenden Kopfbewegung auf das Grundstück), auch bereits mit den Um und Ausbauten begonnen haben. Allerdings finde ich in meinen Unterlagen weder einen Antrag noch eine Baugenehmigung. Was natürlich nach den Bauvorschriften der Stadt Boston einen Verstoß darstellt."

Nachdem Sie den Satz beendet hatte, machte Sie eine kurze Pause und fuhr dann in einem bestimmenden Tonfall fort: „Aber ich denke wir können dieses Dilemma, mit der fehlenden Baugenehmigung, unkompliziert lösen. Denn wie mir die beiden Herren ebenfalls mitgeteilt haben, scheuen Sie Miss Schinke, keine Kosten und Mühen, um Dinge zu regeln.", schaute danach erst triumphierend ihre Kollegin, die daraufhin nur verlegen den Kopf senkte und dann wieder Emma an und fügte mit Nachdruck hinzu: „Ich denke, wir verstehen uns!"

Die Dreistigkeit, die in diesen Worten lag, brachte Emma zur Weißglut, und am liebste wäre Sie ihrem Gegenüber auch an die Gurgel gesprungen und hatte ihr gesagt: „Du kleine korrupte Schlampe wirst den Tag noch verfluchen an dem du dich dazu entschieden hast, dich mit mir anzulegen." Doch anstatt dies zu tun, schaute Sie wie in Trance an Miss Urban vorbei, fixierte ein etwas weiter entferntes Haus, welches wegen seiner modernen Bauweise und blauem Anstrich hervorstach und schaffte es so sich wieder zu beruhigen.

Frau Urban die eigentlich eine ganz andere Reaktion von Emma erwartet hatte, runzelte die Stirn und fragte sichtlich irritiert: „Ist bei Ihnen alles in Ordnung Miss Schinke."

Emma schloss daraufhin kurz die Augen, holte tief Luft, schaute Miss Urban lächelnd an und antwortete: „Wie passt es Ihnen nächsten Freitag um zehn Uhr?"

Miss Urban stupste ihre Kollegin an und sagte dieser: „Miss Lehmann, schauen Sie doch mal bitte nach, ob wir am nächsten Freitag um zehn Uhr noch was frei haben." Dienstbeflissen nahm diese einen Terminplaner aus der Tasche, blätterte darin etwas nervös umher und stotterte: „Ja-ja-dass-das- das sollte kein Pro-Problem sein, Miss Ur-Urban." Diese schaute daraufhin überheblich lächelnd wieder Emma an und sagte: „Dann sehen wir uns also am Freitag um zehn Uhr Miss Schinke. Und vergessen Sie bitte nicht die vollständigen Unterlagen mitzubringen."

„Darauf können Sie sich verlassen.", antworte Emma energisch, setzte sie sich in ihr Auto und machte sich auf den Weg zu Chao. Dort angekommen stürmte sie wie eine Furie in dessen Büro und, ehe der überhaupt irgendetwas sagen konnte, sagte Sie in einem entschlossenen und zu allem bereiten Tonfall: „Chao du musst dich um etwas kümmern."

Chao der Emmas Tonfall natürlich zu deuten wusste fragte: „Was ist los Miss Emma dich scheint etwas zu ärgern." Emma, die nicht vorhatte, Chao mehr als nötig zu involvieren, meinte daraufhin nur sichtlich erregt:

„Ich benötige Informationen über zwei Damen von der Baubehörde. ihre Namen sind Urban und Lehmann. Dabei interessiert es mich besonders, was ihre sexuellen Vorlieben sind und was sie vor anderen zu verbergen versuchen! Das Ganze als Bildmaterial bis nächsten Donnerstag." Chao, dem es Spaß zu bereiten schien, wie sich Emma immer mehr in Rage redete, stellte seine Teetasse, die er die ganze Zeit in der Hand hielt, auf seinen Schreibtisch ab und sagte schmunzelnd: „Miss Emma, jetzt beruhige dich doch erst einmal. Dein Chi ist ja völlig aus dem Gleichgewicht!"

„Ich will mich aber nicht beruhigen!", schrie Emma Ihn an.

„Aber es ist wichtig, um deine innere Balance wieder herzustellen und objektiv zu bleiben. Du bist gerade nicht du, Miss Emma!" Emma rollte mit den Augen, schaute Chao mit einem Blick an, der zu fragen schien; ist das jetzt dein Ernst? Doch dann zustimmend nickte sagte: „Vielleicht hast du ja recht, Chao.", ihre Arme ausbreitete, dabei Daumen und

Zeigefinger beider Hände zusammenführte, einmal tief Luft holte, gelassen ausatmete und mit einem aufgesetzten Lächeln sagte: „So mein Chi ist wieder da, wo es sein soll. Was machen die Mädchen, Chao?" Chao schüttelte nur verständnislos mit dem Kopf und antwortete:

„Die machen das, für was sie bezahlt werden, Miss Emma. Aber sag mal, die zwei Herren von der Stadtverwaltung waren schon seit geraumer Zeit nicht mehr da. Sollte ich da etwas wissen?" Emma die nicht vor hatte Chao darauf wirklich zu antworten winkte nur ab und sagte lapidar: „Mach dir mal darüber keine Gedanken, Chao, die kommen schon wieder. Du weißt doch, die Katze lässt das Mausern nicht. Kümmere du dich lieber, worum ich dich gebeten habe." Chao nahm seine Tasse Tee wieder in die Hand und sagte zustimmend nickend: „Ich werde mich darum kümmern!"

Emma nickte daraufhin zustimmend und machte sich wieder auf den Weg. Als Emma weg war setzte Chao sich an seinen Schreibtisch stellte die Teetasse wieder ab, griff zum Telefon und wählte eine Nummer. „Privatdetektei John Miller was kann ich für Sie tun?", fragte eine freundliche Männerstimme am anderen Ende der Leitung. „Ich brauche deine Hilfe John.", antwortete Chao in einem ruhigen Ton. John Miller war ein ehemaliger Polizei Detective der nach dem er einen

Korruptionsskandal, in dem sein damaliger Vorgesetzter Chef verwickelt war aus dem Polizeidienst ausgeschieden war und nun als Privatdetektiv arbeite. Einige seiner ehemaligen Kollegen hassten Ihn, andere bewunderten seinen Mut. Er ein schlanker durchschnittstyp Mitte Vierzig, der nicht auffiel, was ihm seine Arbeit erleichtere. Außerdem hatte er eine Art, mit der er Frauen um den Finger wickeln konnte.

„Was kann ich für dich tun?" fragte John am anderen Ende hörbar interessiert. Chao vertraute John und wusste das dieser Emma nicht ausstehen konnte, deshalb war er sich auch sicher, dass das, was er ihm nun erzählen würde, nicht zu Emma gelangt.

„Du sollst für mich ein paar Dinge über zwei Damen und zwei Herren von der Stadtverwaltung in Erfahrung bringen."

„Kein Problem, gib mir die Namen." Nachdem Chao dem Privatdetektiv die Namen gegeben hatte, fragte dieser: „Was genau willst du wissen?" Chao lehnte sich in seinen Sessel und erzählte dem Privatdetektiv, worum es ging: „Das kann ich dir sagen John, Emma hatte mir vor geraumer Zeit aufgetragen die beiden Herren, die hier bis vor kurzem Wöchentlich im White Dragon Gäste waren zu bespitzeln und kompromittierendes Bildmaterial zu sammeln. Ich will wissen warum? Tja und bei den Damen ist es was anderes. Ich weiß nur das Emma heute sehr aufgeregt in mein Büro kam und wollte das ich über die Damen herausfinde, was diese für Leichen im Keller haben und was ihre sexuellen Vorlieben sind." John der grundsätzlich wartete bis ihm seine Klienten alles erzählt hatten und niemals jemanden unterbrach, fragte nachdem Chao fertig war: „Bis wann brauchst du die Informationen Chao, denn es wird ein paar Tage dauern?"

Chao lehnte sich zurück, starte für einen Augenblick auf das Bild, einem Picasso der an der gegenüberliegenden Wand neben der Eingangstür hing, rieb sich dabei mit seinem rechten Zeigefinger nachdenklich über die Lippen und antwortete auf einmal kurzentschlossen: „Bis nächsten Mittwoch."

„Alles klar, Chao, ich kümmere mich darum!" Nachdem Chao den Hörer aufgelegt hatte, nahm er einen Schluck Tee und dachte: „Emma, ich werde herausfinden, was du im Schilde führst."

Emma Schinke saß derweilen bereits wieder in ihrem kleinen Büro und versuchte, Igor telefonisch zu erreichen. Dieser war gerade wieder auf dem Weg von der Baustelle zu Emma als sein Telefon klingelte. „Was gibt's Chefin? Ich bin gerade auf dem Weg zu dir."

„Klappt bei dir alles, Igor?"

„Ja, soweit ja! Die Schachtarbeiten im Keller sind fast beendet. Nächste Woche könnten wir also die Fußböden in den Kellerräumen gießen. Wenn du willst, organisiere ich das schon, Emma."

„Nein, Igor, damit warten wir noch etwas."

„Warum?", fragte Igor sichtlich irritiert.

„Warum, Warum? hinterfrag doch nicht immer alles! Kümmere dich lieber darum das die Arbeiten in den oberen Etagen endlich fertig werden!", erwiderte Emma genervt und legte auf.

Im Büro von John Miller nahmen die Dinge ebenfalls ihren Lauf. Nachdem dieser das Gespräch mit Chao beendet hatte, griff er erneut zum Telefon und wählte eine Nummer. Wo sich nach einem dreimaligen Rufzeichen am anderen Ende eine freundliche junge Damenstimme mit den Worten, „Sekretariat der Stadtverwaltung Boston, mein Name ist Nicole was kann ich für sie tun?", meldete.

„Hallo Nicole, hier ist John. Wie geht es dir?" Als Nicole hörte wer dort am anderen Ende an der Leitung war, Biss sie sich leicht auf ihre Unterlippe, fing an mit ihrem rechten Zeigefinger eine Haarsträhne ihres rotbraun schulterlangem Haar zu drehen und antwortete schmunzelnd: „Danke, gut John! Lange nichts von dir gehört. Was kann ich, für dich tun?"

„Nicole, ich benötige ein paar Informationen über den Tagesablauf einiger eurer Mitarbeiter."

„Um wen geht es denn konkret?", fragte Nicole neugierig. Woraufhin John ihr die Namen der Personen gab und hinzufügte: „Es ist wichtig das diese Leute nichts davon erfahren!" Nicole war eine schlanke Frau Anfang Dreißig, die in ihrer Freizeit viel Sport trieb, gerne in der Natur unterwegs war. Außerdem war sie eine Leseratte die Krimigeschichten liebte und deshalb von Johns Arbeit fasziniert war und liebte es wenn er Sie wegen seiner Fälle anrief.

„Natürlich John du kannst dich auf mich verlassen, Ich schaue mal, was ich in Erfahrung bringen kann, und melde mich in kürze bei dir."

„Alles klar, Nicole ich danke dir für deine Hilfe." und legte auf. Im Anschluss öffnete er die Schublade seines doch schon in die Jahre gekommenen Schreibtisches, holte eine Kamera raus, legte eine neue Speicherkarte ein, lehnte sich gemütlich in seinen alten Ledersessel und starrte gedankenlos auf den Bildschirm seines Rechners, bis dieser ihn mit einem „Pling" und den Worten, „Sie haben eine neue Nachricht" aufhorchen ließ. Er öffnete sein E-Mailprogramm, überflog kurz die von Nicole übersandten Daten, griff wieder zum Telefon und rief erneut Nicole an. Diese war über den Anruf nicht sonderlich überrascht, da sie ahnte, worum es geht, und so fragte Sie frech: „Na John hast du schon Sehnsucht nach mir? Erst meldest du dich Monate lang gar nicht und jetzt schon das zweite Mal an einem Tag."

John wurde daraufhin etwas verlegen, denn er wusste das Nicole auf ihr gemeinsames Wochenende anspielte, welches zirka drei Monate zurück lag und dem Umstand das er ihr seitdem in privater Hinsicht aus dem Weg ging. Und so fragte er mit zögerlicher Stimme: „Sag mal, macht die Urban das regelmäßig?"

„Was?"

„Na die Zimmerbestellung im Drive Inn?"

„Ja! Sie sagt, sie geht dort immer zum Spinning und hat keine Lust, danach noch zurückzufahren."

„Und immer dienstags?"

„Ja!"

„Danke für die Info Nicole.", und legte auf. Nachdem er das Gespräch beendet hatte, schaute er auf den Ausdruck und wählte eine andere Nummer, wo sich wenig später eine Stimme mit den Worten, „Drive Inn, mein Name ist Lucy, wie kann ich Ihnen behilflich sein?" meldete. „Hi, Lucy, ich wollte mich nur erkundigen, ob meine Frau die Reservierung schon gemacht hat.", und gab ihr den Namen von Miss Urban. Lucy schaute daraufhin in den Computer und antwortete kurz darauf: „Ja, hat sie, wie immer Zimmer dreizehn!" Als John das hörte fing er innerlich an zu Grinsen, dachte; „Jackpot." und sagte zu Lucy: „Alles klar, vielen Dank, dann bis später."

Danach schnappte er sich seine braune Ledertasche, die Kamera, den Zettel und verließ sein Büro. Unten auf der Straße angekommen, lief er Mister Chong von der Wäscherei in die Arme. „Hallo John na geht's wieder los? Um was geht es dieses Mal, eine betrogene Ehefrau? fragte der kleine hagere und grauhaarige alte Mann, freundlich lachend, während er mit seinem Reisigbesen den Gehweg vor seiner Wäscherei fegte. John blieb stehen, wie er das immer machte begrüßte Mister Chong mit einem freundlichen: „Hallo Mister Chong wie geht es Ihnen heute? Und sagte Sie wissen doch das ich Ihnen darüber nichts sagen darf." Mister Chong winkte daraufhin lächelnd ab und fegte weiter den Gehweg. John stieg in seinen alten Chevy und fuhr los. Zirka eine halbe Stunde später kam er am Drive Inn, welches am Stadtrand von Boston lag, an, parkte sein Auto auf dem Parkplatz, ging zur Rezeption. Dort angekommen begrüßte Ihn Lucy freundlich und fragte: „Was kann ich für sie tun?"

Da John nicht wusste, was die Urban auftauchen würde, war er etwas in Eile und sagte: „Hi, ich würde gerne ein Zimmer mieten. Wenn es geht Zimmer zwölf, denn die Zwölf ist meine Glückszahl.

Die kleine Asiatin schaute kurz in den Computer und meinte: „Sie haben Glück, das Zimmer ist noch frei. Er ließ sich die Schlüssel geben und machte sich auf den Weg ins Zimmer. Der Weg dorthin führte über einen etwas Dunklen und schlecht beleuchteten Flur.

Vor Zimmer dreizehn angekommen, lausche er kurz an der Tür, klopfte und sagte: „Zimmerservice." Nachdem niemand reagierte, schaute er sich kurz um, holte eine Kreditkarte aus der Tasche, schob sie zwischen Türschloss und Türrahmen, bis diese mit einem Klick aufsprang. Er betrat das Zimmer, schaute sich um und entdeckte eine Bildkopie des Sonnenblumenstilllebens von Vincent van Gogh. Er holte einen kleinen Akkubohrer aus der Ledertasche, bohrte vorsichtig ein kleines Loch in eine der Blumenblüten und schob danach einen kleinen Draht, an dessen Ende sich eine Linse befand, in die Öffnung. Anschließend begab er sich ins Nebenzimmer. Dort installierte er einen kleinen Sender und verband beides mit seinem Telefon. Nachdem er alles erledigt hatte, verließ er das Zimmer wieder, ging nach unten in die Hauseigene Bar setzte sich dort an den Tresen und bestellte sich einen Scotch. Kurz darauf er schien Miss Urban in Begleitung eines etwa zwanzig Jahre jungen Mannes an der Rezeption und ließ sich den Zimmerschlüssel geben. Nachdem die beiden lachend aufs Zimmer verschwunden waren, rief John den Barkeeper zu sich, bestellte einen weiteren Scotch und setzte sich an einen Tisch in der Ecke. Während dessen ging es in Zimmer dreizehn schon ordentlich zur Sache. John schaute süffisant grinsend auf sein Telefon, betätigte immer wieder den Auslöser seiner Telefonkamera und dachte, „Ich hätte nie gedacht das die dicke so gelenkig ist." Nachdem ihm der Barkeeper einen weiteren Scotch an den Tisch gebracht hatte, dachte John; „Das sollte Ausreichen an Material.", schaltete die Aufnahme steckte das Telefon ein legte dem Barkeeper das Geld auf den Tisch und verließ die Bar, ging zurück aufs Zimmer legte sich dort aufs Bett und schlief ein. Am nächsten Morgen schaute er sich bei einem Kaffee das Material noch einmal in Ruhe an und machte sich wenig später wieder auf den Weg.

Sein Weg führte ihn ins Industriegebiet von Boston, wo er zwanzig Minuten später ankam, sein Auto in einer Seitenstraße abstellte und wartete. Es dauerte nicht lange, da kam auch schon ein Auto angefahren, stoppte auf der gegenüberliegenden Straßenseite an einer Gasse und hupte zweimal. Kurz darauf tauchte eine junge ab gemergelte und verwahrlost aussehnende blonde Frau auf und ging zur Fahrerseite des Autos. „Na süßer, wie geht's Dir, hast du mein Zeug dabei?", fragte Sie den großen kräftigen Mexikaner, der hinterm Steuer saß. „Na klar, aber erst bezahlst du."

„Ich habe kein Geld."

„Tja, dann haben wir ein Problem."

John, saß im Auto, schaute durch die Linse seiner Kamera und dachte: „Was quatschen die da so lange?"

Dann stieg der Typ aus dem Auto, packte die blonde Frau am Arm schob Sie in die Seitenstraße und gab ihr ein kleines Tütchen. Sie öffnete dieses sofort, streute sich den Inhalt auf die Handfläche und zog sich,

das weiße Pulver in die Nase. Als sie damit fertig war, ging Sie runter auf die Knie, fasste den Mexikaner dabei in den Schritt, öffnete scinc Hose holte sein bereits erigiertes Glied heraus und blies ihm einen.

Als die beiden fertig waren, stand die Blondine wieder auf, wischte sich den Mund ab und verschwand torkelnd in der Gasse. Der Typ schaute ihr hinterher machte sich den Reißverschluss seiner Jeans wieder zu, und rief ihr hinterher: „Bis zum nächsten Mal Puta, (Schlampe) stieg in sein Auto und verschwand. John schaute sich die gemachten Fotos an, lächelte zufrieden und dachte: „Ich denke das sollte reichen.", startete den Motor und fuhr zurück in sein Büro. Dort angekommen legte er einen Stapel Fotopapier in seinen

Drucker und druckte er die gemachten Aufnahmen aus. Als das erledigt war, schaute er sich diese noch einmal an, steckte sie danach in einen Umschlag, goss sich einen Single Malt ein, setzte sich mit diesem an seinen Schreibtisch und rief Chao an und sagte als dieser kurz darauf den Hörer abnahm: „Hi, Chao, John hier, Ich habe interessante Neuigkeiten für dich. Ich schicke dir die Unterlagen mit einem Boten."

„Nein! Unterbrach Ihn Chao sofort, „Ich komme sie selbst abholen. Ich bin gleich bei dir!" und legte auf.

„Alles klar, ich warte." Antwortete John obwohl bereits zu hören war das Chao aufgelegt hatte.

Chao machte sich augenblicklich auf den Weg. Der Vorteil war, dass John sein Büro ebenfalls in Chinatown und unweit des White Dragon hatte. Welches Chao nun eilig über einen Nebeneingang verließ und in einer Seitengasse, wo es nur so von Dreck und Ratten wimmelte, verschwand. „Was für eine Drecksecke Chinatown doch geworden ist.", meckerte Chao, während er im Slalomlauf dem Unrat auf der Straße auswich. Als er an Johns Büro angekommen war, trat er, ohne anzuklopfen ein und sagte während er die Tür wieder hinter sich verschloss: „Dann las mal sehen, was du in Erfahrung gebracht hast."

Nach dem Telefonat der Beiden hatte John die Fotos wieder aus dem Umschlag geholt und auf seinem Schreibtisch ausgebreitet. Chao schaute sich diese dann in Ruhe an und meinte: „Was sucht die ab gemergelte Nutte da auf den Fotos?" John nahm das Foto in die Hand und schaute es sich ebenfalls noch einmal an und antwortete: „Das ist die Tochter von Jacky Lehmann eine der beiden Damen aus der Stadtverwaltung. Und wie es immer so ist in der vermeintlich gehobenen Gesellschaftsschicht, das Übliche eben: Ein missverstandenes Kind versucht seine familiären Probleme mit ein bisschen Marihuana zu vergessen. Irgendwann reichte das nicht mehr und aus Marihuana wurde Kokain. Mit mehreren Entziehungskuren, die die Kleine aber jedes Mal abgebrochen hatte, versuchte die nach einer Schlammschlacht Scheidung alleinerziehende Mutter ihr Kind vergebens zu retten. Mittlerweile geht die Kleine im alten Industriegebiet anschaffen und lutscht jedem für einen kurzen Kick den Schwanz.

„Okay, verstehe, und wer ist die Dicke da im Bett mit dem jungen Typen?"

Chao betrachtete nachdenklich, sich mit dem linken Zeigefinger an der Wange kratzend, die vor ihm liegenden Fotos, runzelte auf einmal die Stirn und fragte: „Und die dicke da im Bett mit dem Callboy ist wahrscheinlich ihre Kollegin?"

John legte das Foto wieder aus der Hand und antwortete süffisant lächelnd: „Richtig, das ist Marie Urban mit ihrem Liebhaber. Die zwei treffen sich einmal die Woche im Drive Inn. Ihrem Mann erzählt sie, allerdings dass sie zum Spinning geht." Chao fing daraufhin ebenfalls an zu lächeln und meinte: „Ah Frau Saubermann ist also verheiratet. Das ist ja perfekt. ER schob alle Fotos zusammen steckte diese wieder in den bereitliegenden Umschlag und sagte: „Gute Arbeit John! Legte ihm ein Umschlag auf den Schreibtisch und fuhr fort, jetzt brauche ich von dir nur noch die Speicherkarte mit den Abzügen." John schaute in den Umschlag blätterte kurz mit dem Daumen über die darin befindlichen Hunderter, und sagte währenddessen: „Immer wieder schön mit dir Geschäfte zu machen Chao.", holte die Speicherkarte aus seinem Rechner und gab sie Chao. Dieser nahm die Speicherkarte an sich und verließ das Büro mit den Worten: „Das finde ich auch John bis zum nächsten Mal."

Wieder in seinem Büro angekommen, setzte sich Chao an den Schreibtisch, holte die Speicherkarte aus der Hosentasche betrachtete diese kurz steckte Sie in den Computer öffnete die Datei und stoppte dann bei einer Anzahl von Fotos die einen Mann mit ein paar kindlich aussehenden asiatischen Mädchen zeigten, griff zum Telefon und wählte eine Nummer. Nach einem zweimaligen Klingelzeichen meldete sich am anderen Ende der Leitung eine junge Frauenstimme mit den Worten: „Sekretariat der Stadtverwaltung Boston. Mein Name ist Nicole wie kann ich Ihnen helfen?"

Chao lehnte sich sich zurück fing an zu grinsen und antwortete: „Hallo Nicole, ich würde gern Mister Nicols sprechen."

„Darf ich Fragen in welcher Angelegenheit sie Mister Nicols sprechen wollen, Mister, sorry ich habe ihren Namen nicht verstanden?"

„Das liegt daran Nicole, dass ich Ihnen meinen Namen nicht genannt habe, Abcr da sic schon so neugierig nach dem Grund fragen, werde ich Ihnen auch antworten. Ich möchte Mister Nicols in einer Privaten Angelegenheit sprechen und ich denke das Sie die Bedeutung des Wortes Privat kennen.", antwortete Chao unfreundlich. Nicole, die von Chaos Art angefressen war, antwortete schnippisch: „Augenblick ich stelle Sie zu ihm durch." Es dauerte einen Moment dann meldete eine genervte Männerstimme: „Tom Nicols, Stadtverwaltung Bauen und Planen." „Hallo, Mister Nicols, ich glaube, wir sollten uns mal unterhalten!"

„Worüber? Und wer sind Sie?"

„Wer ich bin, ist unwichtig. Was ich habe, ist viel interessanter für Sie als Bürgermeister-Kandidat. Ich schicke Ihnen gerade etwas per E-Mail, ich will zehntausend Dollar." Als Nicols die Summe hörte, schrie er, „Was bildest du-" Doch Chao unterbrach ihn augenblicklich und fuhr fort, „Falls Sie sich weigern, werde ich die Bilder an die Presse schicken. Sie kommen heute Abend um neunzehn Uhr in den Boston Common und deponieren den Umschlag am Massaker-Denkmal." Danach legte er auf.

Tom Nicols, immer noch außer sich vor Wut, öffnete genervt sein E-Mailpostfach. Doch als er den Mailanhang öffnete, ließ er sich in seinen Schreibtischsessel fallen und sagte, „Was für eine Scheiße ist das denn! Na, warte du kleines Arschloch Morrison, dir werde ich helfen!" Er schaltete seinen Computer aus und verließ wie ein wild gewordener Stier sein Büro. An Jim Morrisons Büro angekommen, riss er mit einem, „Was bildest du kleiner Kommunist dir eigentlich ein? Denkst du, ich weiß nicht, dass du da deine Finger im Spiel hast?" die Tür auf.

Jim Morrison stand auf, ging an Nicols vorbei, schloss die Tür und sagte, „Würdest du mir bitte mal erklären, um was es geht?" Nicols, der außer sich vor Wut war, schaute Morrison an, als wolle er ihm jeden

Augenblich an die Kehle springen und schrie: „Du willst wissen, um was es geht? Ich sage dir, um was es geht, es geht um die Fotos auf meinem Rechner und den Anruf, den ich gerade erhalten habe!" Morrison setzte sich wieder in seinen Schreibtischsessel, und fragte: „Welchen Anruf? Ich habe keine Ahnung, wovon du redest, Tom!" Nicols setzte sich auf einen der zwei Stühle, die auf der anderen Seite von Morrisons Schreibtisch standen, beugte sich vor legte seien Unterarme auf Morrisons Schreibtisch ab faltete seine Hände und antwortete sichtlich eingeschüchtert und hilfesuchend: „Jim, mich hat eben ein Mann angerufen und mir gesagt, dass wenn ich ihm nicht zehntausend Dollar zahle, würde er die Bilder veröffentlichen! Und als ich ihn gefragt habe, von welchen Bildern er spricht, hat er mir eine E-Mail mit Fotos von mir und ein paar asiatischen Nutten gesendet!"

„Mann, sagst du?", fragte Morrison interessiert.

„Ja, mit chinesischem Akzent."

„Mit chinesischen Akzent? wiederholte Morrison lehnte sich zurück fuhr sich mit mit dem rechten Zeigefinger nachdenklich über den Mund und sagte kurz darauf: „Ich weiß nicht, wer dahinterstecken könnte. Allerdings habe ich da so eine Idee" und griff zum Telefon. Am anderen Ende meldete sich eine überheblich klingende Stimme mit den Worten: „Wie kann ich Ihnen helfen, Mister Morrison?"

Morrison überlegte kurz und fragte dann: „Sie wollen mir alles ernste Erzählen, das Sie nicht wissen, warum Ich Sie anrufe?" Emma, die ja wirklich keine Ahnung von Chaos eigenmächtigen Handlungen hatte antwortete darauf genervt: „Ich habe keine Ahnung und ehrlich gesagt, habe ich auch keine Lust auf ihre Ratespiele. Also, was wollen Sie?" Morrison, der sich seiner Sache nun nicht mehr sicher war, denn er glaubte das Emma hinter der Erpressung stecken würde antwortete: „Gut, da sie scheinbar wirklich nicht zu wissen scheinen, erkläre ich es Ihnen. Mister Tom Nicols wurde gerade mit Bildern aus dem White Dragon erpresst. Und wissen Sie, was ich glaube? dass ich der Nächste sein werde." Emma die gerade in ihrem Wohnzimmer stand, schaute für einen Moment nachdenklich aus dem übergroßen Panoramafenster auf die spiegelnde Glas Fassade des gegenüberlieg des Gebäudes und sagte auf einmal bestimmend: „Jim, ich weiß nicht wer dahintersteckt, aber ich versichere Ihnen, dass ich es herausfinden werde." Morrison der mittlerweile nicht mehr daran glaubte das Emma was damit zu tun hatte kommentierte das Ganze dann nur noch mit einem: „Gut, dann sin d wir uns ja einig!" und legte auf. Zu dieser Zeit hatte Chao bereits Jacky Lehmann eine der zwei Damen von der Baubehörde per E-Mail kontaktiert. Diese war gerade dabei, ein paar Akten zu sortieren, als sie eine Meldung über ihr E-Mailpostfach bekam. Sie legte die Akten beiseite, griff zu ihrer Maus, schob den Mauscursor auf den Posteingang-Button, machte einen Doppelklick und fing an den Inhalt der E-Mail zu lesen. Dieser lautete:

„Wenn Sie nicht wollen, dass die im Anhang dieser E-Mail befindlichen Bilder bei der Presse landen, dann sollten sie meine Forderung unbedingt erfüllen. Bringen Sie heute Abend um zwanzig Uhr in einem Umschlag mit 10000 Dollar in den Boston Common und deponieren Sie diesen am Fuß des Massaker-Denkmals! Und keine Polizei!"

Anschließend öffnete Jacky Lehmann den Dateianhang. In diesem befanden sich die Bilder, die John im Industriegebiet von ihrer Tochter gemacht hatte. Während Jacky sich die Bilder nacheinander aufrief, wurde Sie kreidebleich und ihr Puls schoss in die Höhe. Was der ihr gegenübersitzenden Marie Urban natürlich sofort auffiel.

„Was ist denn mit Dir los Jacky? Du siehst ja aus, als hättest du einen Geist gesehen.", fragte diese daraufhin abfällig lächelnd. Jacky Lehmann, die mit dem Erhalt der E-Mail darin enthaltenen Forderungen und

Bildern völlig überfordert war, schaute ihre Vorgesetzte nur geistesabwesend und in Gedanken versunken an. Doch auf einmal sprang sie völlig nervös und verunsichert auf und sagte: „Ich-Ich habe etwas zu erledigen.", schaltete den Computer aus, schnappte sich ihre Handtasche und verließ eilig das Büro. Marie Urban schaute ihr nur verneinend mit dem Kopf schüttelnd und lächelnd hinterher. Nachdem Jacky Lehmann das Rathaus verlassen hatte, schaute Sie sich suchend um, und entdeckte auf der gegenüberliegenden Straßenseite einen ATM-Automaten. Immer noch völlig Kopflos steuerte sie diesen an, kramte dabei in ihrer Handtasche nach ihrer Kreditkarte und lief, ohne auf den Verkehr zu achten, auf die vielbefahrene Straße. Ein ankommender Pickup erfasste sie mit voller Wucht und schleuderte sie in hohem Bogen auf die andere Straßenseite gegen die Bordsteinkante, wo Jacky Lehmann mit einer schweren Kopfverletzung in einer schnell größer werdenden Blutlache leblos liegen blieb.

Während dessen hatte auch Marie Urban eine E-Mail von Chao mit bis auf die Uhrzeit, denn Sie sollte bereits um neunzehn Uhr dreißig am Denkmal erscheinen, ansonsten gleichen Text und den Bildern aus dem Drive Inn erhalten. Und während sie noch die Bilder anschaute, griff sie mit einem Hochroten Kopf zum

Telefon und brüllte, nachdem Morrison am anderen Ende den Hörer abgenommen hatte: „Morrison, du Schwein! Was hast du mir da eingebrockt?" Dieser reagierte, nachdem er bereits von Nicols Erpressungsversuch gewusst hatte, recht gelassen und meinte nur, „Marie, mach dir keine Gedanken, ich verspreche dir, dass ich mich um die Sache kümmern werde." Was sie nur mit einem, „Das will ich dir auch geraten haben!", beantwortete und auflegte und das Büro verließ, um sich das Geld zu beschaffen, denn Sie traute Morrison nicht über den Weg.

Mittlerweile war der Verkehr vor dem Rathaus zum Erliegen gekommen und es hatte sich eine Menschentraube gebildet. Marie Urban lief über die Straße zu schauen was passiert war. Nachdem sie ein paar Gaffer beiseitegeschoben hatte, sah sie ihre Kollegin blutend und leblos auf dem Asphalt liegen. Doch anstatt betroffen zu sein, schüttelte sie nur verständnislos den Kopf, drehte sich um und bannte sich ihren Weg mit den Worten: „Kann ich mal durch, hier gibt es nichts mehr zu sehen, die ist tot!" zum Geldautomaten. Emma Schinke war unterdessen bereits tätig geworden und Igor und Tomek zum White Dragon, um Chao zu überwachen. Was Sie zu diesem Zeitpunkt allerdings noch nicht wusste, war das Chao auch bereits die Damen von der Baubehörde erpresst hatte. Dieser befand

76

sich auf dem Weg vom Post Office, wo er einen Umschlag, an seinen Freund Tom in Kalifornien adressiert, abgeschickt hatte, zurück in sein Büro, wo Emma bereits auf ihn wartete. Und er diese, nachdem er sein Büro betreten hatte, doch etwas überrascht fragte: „Miss Emma, was treibt dich schon wieder hierher?" Emma versuchte natürlich ruhig zu bleiben, obwohl Sie Chao wegen seiner Eigenmächtigkeiten am liebsten geviertelt hätte und antwortete doch etwas abfällig: „Na ja, Chao, zum einen wollte ich wissen, was die Arbeit von John ergeben hat? Und zum anderen hatte ich heute einen Anruf aus dem Rathaus!"

„Was wollten die denn?", unterbrach er sie prompt. Was Emma sofort in Rage versetzte, und Ihn anschrie: „Ich war noch nicht fertig und dasselbe wollte ich dich gerade fragen?"

„Ich? Was sollte ich mit dem Rathaus zu tun haben?", fragte Chao ganz trocken und fuhr fort, „Und die Informationen, um die du mich gebeten hast, liegen in meinem Schreibtisch. Warte, ich zeige sie dir." Er lief zu seinem Schreibtisch, zog die Schreibtischschublade auf, holte einen Umschlag raus, legte diesen auf den Tisch und meinte: „Da hast du, wonach du gefragt hast Emma. Und wenn du keine weiteren Fragen hast, würde ich dich bitten zu gehen. Ich habe nämlich gleich noch einen Termin." Emma die

mittlerweile kurz davor war, Chao einfach zu erschie-
ßen, allerdings wusste, dass Sie Ihn noch brauchte,
um an das erpresste Geld zu kommen, setzte daraufhin ein Lächeln auf und erwiderte freundlich aber bestimmend: „Vergiss nicht, wen du vor dir hast Chao.
Noch habe ich hier das sagen."

Um die Situation nicht überzustrapazieren, denn
Chao ahnte, auf Grund der Tatsache das Emma Ihn
über den Anruf aus dem Rathaus hatte, das Sie über
seine Erpressung Bescheid wusste. Deshalb antwortete er freundlich und zurückhaltend: „Natürlich vergesse ich das nicht Emma. Und für den Fall, dass ich
mich dir gegenüber im Ton vergriffen habe, bitte ich
um Verzeihung."

Emma nickte daraufhin zustimmend, nahm den
Umschlag und verließ das Büro. In der Tiefgarage angekommen sagte sie zu Igor der bereits mit Tomek
auf weitere Instruktionen wartete: „Wenn Chao das
White Dragon verlässt, folgt ihm. Ich will wissen, wo
er vorhat. Ist das klar?" Igor nickte zustimmend und
stieg mit Tomek wieder ins Auto um dort auf Chao
zuwarten. Dieser saß unterdessen immer noch in seinem großen geräumigen Ledersessel vor seinem
Schreibtisch, starte auf die Tür und dachte über das
Gespräch mit Emma nach. Doch auf einmal sprang er
auf und sagte: „Was soll's." und verließ sein Büro

Richtung Tiefgarage. Dort angekommen stieg er in seinen Mercedes und fuhr los. Igor und Tomek folgten ihm. Die Fahrt führte über die Kneeland und Washington Street und dauerte zirka fünf Minuten. Am Boston Common angekommen schaute Chao auf seine Uhr und machte sich zu Fuß auf den Weg zum Denkmal im Park. Doch irgendwie hatte er das Gefühl, verfolgt zu werden. Igor und Tomek hatten unterdessen ebenfalls ihr Auto verlassen und folgten Chao nun in sicherem Abstand.

Als Chao das Denkmal erreichte, war es bereits neunzehn Uhr, aber von Nicols war nichts zu sehen. Er setzte sich auf eine Bank und wartete. Pünktlich um neunzehn Uhr dreißig erschien eine korpulente Frau mit einem Umschlag in der Hand am Denkmal. Es war Marie Urban. Sie schaute sich ein paar Mal um, platzierte den Umschlag am Fuß des Denkmals und verschwand eilig wieder. Chao lief danach sofort zum Denkmal, schnappte sich den Umschlag und setzte sich wieder auf die Bank. Nach einer Weile schaute er auf die Uhr.

Es war bereits kurz vor acht und Chao im Begriff zu gehen, als auf einmal ein zirka Ein Meter achtzig großer athletischer Mann am Denkmal auftauchte und einen Umschlag platzierte. Es war Nicols. Nachdem Chao auch diesen eingesammelt hatte, schaute er erneut auf die Uhr und war sich sicher das niemand mehr kommen würde. Und so verließ er den Park wieder und fuhr zurück ins White Dragon. Igor und Tomek, die alles aus sicherer Entfernung beobachtet hatten, folgten ihm, wobei Igor sein Telefon aus der Tasche holte und Emma anrief. „Was gibt es Neues?", wollte die sofort wissen. „Er war im Boston Common. Dort tauchten erst eine dicke Frau, und später noch ein großer schlanker Kerl auf und deponierten jeweils einen Umschlag am Fuß des Denkmals.

Ich denke er fährt jetzt zurück ins Büro.", antwortete Igor. Emma wusste trotz Igors einfältiger Personenbeschreibung natürlich sofort, dass es sich bei der Frau um Marie Urban und bei dem Mann um Tom Nicols handelte und antwortete in einem aggressiven: „Igor, du und Tomek kommt sofort zurück ins White Dragon, positioniert euch in der Tiefgarage und wartet dort auf weitere Anweisungen von mir." Igor, der seine Chefin kannte und wusste das dieser Ton nichts Gutes zu verheißen hatte, fragte daraufhin: „Was hast du vor Emma?" Emma die außer sich vor Wut war, antworte nur: „Was ich schon längst hätte machen sollen." und legte auf.

Als Igor und Tomek wieder am White Dragon ankamen, parkte Chao bereits seinen Mercedes in der Tiefgarage ein und machte sich auf den Weg in sein

Büro. Doch als er dort ankam und eine Plane auf seinem Teppich liegen sah, rief er genervt: „Mai Ling! Mai Ling! Was macht die Plane in meinem Büro?" Aber Mai Ling antwortete nicht. Stattdessen kam Emma mit einer Waffe in der Hand hinter der Tür vor und sagte: „Chao, das ist echt das letzte, wie konntest du mich so hintergehen!", richtete die Pistole, eine Beretta neun Millimeter auf Ihn und drückte dreimal ab.

Woraufhin Chao mit zwei Schüssen ins Herz und einem in den Kopf leblos auf die Plane viel. Emma steckte die Pistole zurück in die Handtasche, beugte sich zu Chao runter, tastete seinen Oberkörper ab und holte die zwei Umschläge aus der Innentasche seines Sakkos, steckte diese ebenfalls in ihre Handtasche, holte ihr Handy raus und rief Igor an. Als er und Tomek wenige Minuten später in Chaos Büro auftauchten, fragte Tomek irritiert: „Was ist denn mit dem passiert?" Emma drehte sich zu Tomek und Igor um und sagte, „Jungs das passiert Leuten, die sich in meine Geschäfte einmischen. Igor du weißt was zu tun ist bringt diesen Verräter in die Emmerson Street und bestell für morgen früh die Betonmischer! Ich denke, nun ist es an der Zeit die Kellerböden zu gießen." Igor schaute Emma prüfend an und fragte neugierig:

„Hast du die Umschläge gefunden?" Woraufhin Emma sichtlich genervt einen tiefen Seufzer von sich gab und **antwortete**: „Ja habe ich! Warum?"

„Und wieviel ist es insgesamt?"

„Das geht dich nichts an!" entgegnete Emma verärgert und verließ das Büro. Nachdem Emma gegangen war, sagte Igor zu Tomek: „Los fass mit an." Die beiden rollten die Plane zusammen und machten sich mit ihrer leblosen Fracht auf den Weg in die Tiefgarage, wo Chao im Kofferraum ihres Wagens landete. „Igor, wollen wir Ihn nicht lieber ins Hafenbecken werfen? Du weißt schon, da wo wir auch Antonio entsorgt haben.", meinte Tomek skeptisch als er und Igor ins Auto gestiegen waren. Igor schaute Ihn daraufhin stirnrunzelnd an und fragte abfällig: „Du hast gehört, was Emma gesagt hat?"

„Ja habe ich, aber." Doch bevor Tomek etwas darauf erwidern konnte, viel ihm Igor ins Wort.

„Na also, dann fahre uns in die Emmerson Street!" Und so machten sich die beiden auf den Weg. Mai Ling saß derweilen verängstigt in ihrem Zimmer und starrte auf den Bildschirm des Laptops, der mit einem Kamera System in Chaos Büro verbunden war. Chao der Emma nicht über den Weg traute, hatte Mai Ling, diesen vorsorglich vor langer Zeit mit den Worten: „Diese Vorsichtsname wird sich irgendwann mal als

sehr Nützlich für dich erweisen mein Kind." Übergeben. Nachdem Emma Chaos Büro betreten hatte,
schaltete sich das System über einen Bewegungsmel-
der ein und Mai Ling die sich zu diesem Zeitpunkt in
ihrem Zimmer befand hatte alles mit angesehen. Verängstigt und mit zittrigen Händen klappte sie den Laptop zu holte die Speicherkarte raus und warf sich im
Anschluss weinend aufs Bett. Wie von Emma gefor-
dert, hatte Igor für den nächsten Morgen alles organisiert und so verschwand Chao auf Nimmerwiederse-
hen unter einem der Kellerfußböden des Hauses in der
Emmerson Street Nummer sieben.

Ohne zu ahnen, dass außer Igor und Tomek auch
Mai Ling den Mord an Chao mitbekommen hatte,
übernahm Emma Schinke erst einmal das White Dragon, wo sie zwei Tage später auftauchte und Mai Ling
darüber informierte, dass Chao unerwartet nach China
reisen musste und sie somit erst einmal die Geschäfte
übernehmen würde. Worauf Mai Ling sich nichts an-
merken ließ und fragte: „Nach China?"

„Ja, nach China, warum?", fragte Emma Schinke
skeptisch.

„Na, weil er mir erzählt hatte, dass er demnächst
eine Reise nach Kalifornien machen werde."

„Ja, daraus wird wohl nichts mehr!", entgegnete Emma sichtlich erfreut und fragte: „Ist noch irgendetwas?"

„Nein, Miss Emma."

„Gut, dann kümmere dich um die Mädchen. Du bist ab jetzt meine rechte Hand im White Dragon."

„Und was ist mit Chao?"

„Ja, wie schon gesagt, Mai Ling, den werden wir so schnell nicht wieder sehen." Dadurch, dass Chao aus dem Weg geräumt war, beruhigten sich auch die Gemüter im Rathaus vorerst wieder. Selbst der plötzliche Tod von Jacky Lehmann wurde nur als tragischer Unfall abgehakt. Aber die anfängliche Ruhe war trügerisch. Denn die Geschäfte im White Dragon liefen immer schlechter. Doch zu Emmas Zufriedenheit wurde in den folgenden zwei Monaten das Haus in der Emmerson Street fertiggestellt, wodurch Emma endlich die Möglichkeit hatte, dass White Dragon abzustoßen. Jedes der Mädchen bekam eine eigene Wohnung, welche diese für die Freier und natürlich auch privat nutzen konnten. Dafür aber an Emma Schinke eine nicht unerheblich hohe Monatsmiete von tausend fünfhundert Dollar zahlen mussten. Nach außen hin wirkte das Haus aus der Gründerzeit, wie ein modernisiertes Mehrfamilienhaus. Doch die Anwohner der Umgebung wussten, dass es sich um ein Edelbordell handelte, in dem sich hohe Staatsdiener und einfluss-reiche Geschäftsleute die Klinge in die Hand gaben.

Und diese Creme de la Creme bestehend aus dem Bürgermeister, drei Richter des obersten Gerichts, dem Oberstaatsanwalt, dem Polizeichef, sowie einige der einflussreichsten Geschäftsleute der Stadt Boston. Nicols, und sogar Marie Urban, die inzwischen Leiterin der Bauaufsichtsbehörde geworden war. Natürlich durften auch Vertreter des Fußvolks nicht fehlen und so lud Emma auch Morrison und Marie Urban ein. Diese war mittlerweile Leiterin der Bauaufsichtsbehörde geworden. Morrison hatte ihr nach der Erpressung von Chao, um Frieden zu stiften den Posten zugespielt. Emma lud die zwei natürlich nicht ohne Grund ein. Sie kannte die die sexuellen Vorlieben die sich bei Marie Urban nicht nur auf viel jüngere Männer beschränkte. Deshalb hatte Sie speziell für Marie Urban zwei minderjährige asiatische Callboys in der Dachgeschosswohnung, die, als einzige nicht für die Mädchen zur Verfügung stand, untergebracht und in der Marie Urban an diesem Tag ihre pädophilen Neigungen ausleben konnte. Alle amüsierten sich, es gab reichlich Alkohol und Drogen. Was sie alle allerdings nicht wussten, war, dass Emma wieder Kameras in den Zimmern installiert hatte und so jeden bei seinen Sexspielchen filmte. Das Haus in der Emmerson

Street war auch nach der Eröffnung gut besucht, da es für seine Diskretion bekannt war. Und im Nu klingelte auch für Emma die Kasse wieder. Doch dann passierte etwas, womit Emma Schinke nicht im Traum gerechnet hätte. Sie war gerade auf dem Weg zu ihrer wöchentlichen Maniküre als auf einmal das Telefon klingelte und dabei unbekannte Nummer anzeigte. Dieses war für Emma nichts Ungewöhnliches, da die meisten ihrer Geschäftspartner mit unterdrückter Nummer anriefen und so nahm sie auch diesen Anruf mit derselben geheuchelten Freundlichkeit an wie Sie es immer tat: „Ost West Immobilien, Sie sprechen mit Emma Schinke, was kann ich für Sie tun?" Am anderen Ende meldete sich eine sehr maskuline jedoch Jugendlich wirkende Männerstimme.

„Hallo, mein Name ist Tom Nixon. Ich bin für längere Zeit geschäftlich in der Stadt und deshalb auf der Suche nach einem kleinen Appartement." Emma überlegte kurz fing an zu grinsen und antwortete:

„Sie haben Glück. Ich habe in der Tat etwas für Sie es ist eine Dachgeschosswohnung in einem unserer Objekte in der Emmerson Street Nummer Sieben. Wenn Sie wollen können wir gleich einen Besichtigungstermin vereinbaren, Wie passt es Ihnen heute Nachmittag um vierzehn Uhr?" Tom war sichtlich überrascht, aber dennoch erfreut und so stimmte er dem Termin zu."

„Vierzehn Uhr passt mir sehr gut Miss Schinke!"

„Gut, dann kommen Sie heute Nachmittag in die Emmerson Street Nummer sieben. Ich warte vor dem Haus auf Sie."

„Dann bis heute Nachmittag." Tom legte auf, holte seinen Notizblock aus seiner abgegriffenen braunen Ledertasche und blätterte durch die Seiten. „Wo habe ich mir Chaos Adresse aufgeschrieben? Ach ja, da ist sie ja! Genau, dass White Dragon in Chinatown." Er schnappte sich seine Tasche und verließ das Hotel. Draußen angekommen hob er in typischer Art den Arm und rief: „Taxi!" Sofort stoppte ein knallgelbes Taxi aus der indische Folkloremusik zu hören war, direkt vor ihm. Nachdem er es sich im Inneren gemütlich gemacht hatte, drehte sich ein mit Turban bekleideter sonnengebräunter Mann grinsend zu ihm um und meinte: „Hallo, ich bin Radschi. Wo soll es hingehen?" Radschi war Tom sofort sympathisch. Sein braunes Gesicht hatte weiche Züge und seine Augen strahlten Freude aus. Tom hielt ihm zur Begrüßung die Hand hin und sagte freundlich lächelnd: „Hallo, Radschi. Ich bin Tom, kennst du das White Dragon in Chinatown?" Radschi griff nach Toms Hand und antworte mit einem breiten Lächeln: „Sehr erfreut Tom. Natürlich kenne ich das White Dragon, waren schöne Frauen dort. Immer sexy und gut gelaunt. Willst du wohl ein bisschen Spaß haben, ja? Aber kommst du zu spät. Gibts nicht mehr, das White Dragon." Tom schaute ihn daraufhin doch etwas verwundert an und meinte: „Nein, Radschi, ich suche meinen Freund Chao. Er hat mir ein paar interessante Unterlagen geschickt. Allerdings kann ich ihn nicht mehr erreichen und ich weiß, dass er dort gearbeitet hat." Doch auf einmal hielt Tom inne und fragte irritiert: „Wie jetzt, dass White Dragon gibt es nicht mehr?" Und während Radschi Tom die vermeintlichen Gründe erläuterte, bretterte er mit einem Affenzahn durch die Innenstadt von Boston.

Als sie etwa zwanzig Minuten später direkt vor dem White Dragon stoppten, drehte sich Radschi zu Tom um und sagte: „Macht zwanzig Dollar. Tom schaute aus dem Fenster und meinte ungläubig: „Bist du sicher dass wir hier richtig sind?", denn das Haus vor dem Radschi gehalten hatte sah aus, als wäre dort seit langer Zeit niemand mehr gewesen. Fenster und Eingangstür waren mit Brettern zugenagelt und dienten sichtlich seit geraumer Zeit als Untergrund Werbeplakate. „Kannst du auf mich warten, Radschi? Ich glaube, das dauert hier nicht lange.", fragte Tom, während er das Taxi verließ.

„Ja, kein Problem. Macht trotzdem 20 Dollar!"
antwortete Radschi fordernd. Tom gab ihm das Geld
und schaute sich um. Zwei Häuser weiter fegte gerade
eine ältere Dame den Bürgersteig vor ihrem kleinen
Laden. Tom ging zu ihr und fragte: „Guten Tag, können Sie mir sagen, was mit dem White Dragon passiert ist?" Die Dame hörte auf, zu fegen, hob ihren
Blick, schaute ihn prüfend an und sagte: „Nachdem
der Chinese Chao verschwunden war, gingen bald
auch die Mädchen und übrig blieb das leere Haus."

„Warum? Was ist passiert?", hakte Tom nach.

„Böse Zungen behaupten, Chao hätte es sich mit
den Triaden verscherzt, andere sagen, seine Ge-
schäftspartnerin hätte ihn um die Ecke gebracht. Aber
es sind alles nur Gerüchte! Ich muss jetzt auch weiter
machen." Und so senkte sie wieder ihren Blick und
fing an zu fegen. Tom ging zurück zum Taxi, schaute
beim Einsteigen noch einmal auf das Haus und sagte
zu Radschi, „Kannst du mich in die Emmerson Street
Nummer sieben bringen?"

„Natürlich kann ich das, kenne ich sogar!"

„Wie, kennst du sogar?", fragte Tom neugierig.
Radschi antwortete daraufhin mit einer zeigenden
Kopfbewegung, „Na, ist wie das hier, nur schöner."

„Was heißt, wie das hier nur schöner?"

„Na, ganz einfach, die Mädchen leben und arbeiten dort."

„Du willst mir also sagen, dass das Haus in der Emmerson Street Nummer sieben ein Puff ist?"

„Na ja."

„Was, na, ja?", hakte Tom nach. „Ein Freund hat mir erzählt, dass es eigentlich als Wohnhaus geplant war, dann aber von der Eigentümerin, die übrigens auch Teilhaberin des White Dragon war, umfunktioniert wurde." Tom lauschte aufmerksam den Informationen von Radschi und fragte, „Wie heißt dein Freund?" „John Miller, er ist Privatdetektiv." Tom kratzte sich an der Wange: „Privatdetektiv sagst du können wir nach meinem Termin zu ihm fahren?"

„Kein Problem.", antwortete Radschi lächelnd und fuhr los. Als Tom zirka 20 Minuten später in der Emmerson Street Nummer sieben ankam, wartete dort bereits Emma Schinke und begrüßte Tom, nachdem er das Taxi verlassen hatte mit übertriebener Freundlichkeit: „Hallo, Sie müssen Tom Nixon sein, richtig?"

„Ja, ich bin Tom. Wir hatten telefoniert." Tom schaute sich das Haus an und meinte: „Sieht alles noch recht neu aus."

„Kommen Sie Tom, die Wohnung wird Ihnen gefallen!" und so betraten beide das Haus und machten sich zu Fuß auf den Weg nach oben. Im zweiten Stock fiel Tom allerdings sofort ein junge asiatische Frau Mitte Zwanzig auf, welche hinter einer fast verschlossen, Wohnungstür stand und Ihn anlächelte. „Sollte ich irgendetwas über das Haus wissen?", fragte Tom auf einmal. Emma, die von der Frage etwas überrascht schien, stammelte nur: „Ich verstehe nicht. Was meinen Sie, Tom?"

„Mein Freund Radschi hat das so etwas angedeutet!" Emma drehte sich zu Tom um, fing an zu grinsen und antwortete: „Ach darauf wollen Sie hinaus. Wissen Sie, Tom, die anderen Wohnungen sind alle an Mädchen vermietet, die einem sehr einträglichen Geschäft nachgehen. Und ich möchte nicht, dass dieses durch einen Fremden gestört wird. Wenn Sie also damit ein Problem haben, können Sie sich gerne anderweitig umschauen. Als Immobilienmaklerin kann ich Ihnen allerdings sagen, dass es bei der momentanen Wohnungslage, schwierig werden dürfte in Boston etwas zu finden."

Tom hatte damit kein Problem, außerdem hatte er das Gefühl das Emma nicht die war, für die sie sich ausgab. Und so winkte er nur lapidar ab und antwortete freundlich: „Ach, wissen Sie Miss Schinke, ich denke nicht das dass ein Problem für mich ist." Emma nickte zufrieden und ging weiter. Kurz darauf erreichten Sie die Dachgeschosswohnung wo Emma mit einem freundlichen: „So, da wären wir!" die Tür öffnete und beide eintraten. Dank einer großen Fensterfront auf der südlichen Giebelseite und der angrenzenden Dachterrasse, über die man einen wunderbaren Ausblick über die Stadt hatte, wirkte das Eineinhalbzimmer-Apartment groß und war sehr hell. Der Wohnbereich, in einer Größe von sechs mal fünf Meter mit integrierter Küchenzeile bildete den Hauptteil. Ein etwa vier, mal vier Meter großer Raum konnte als Schlafzimmer genutzt werden. Bis auf eine moderne graue Eck-Couch, die direkt unter einem der zwei Dachfenster stand, war die Wohnung allerdings leer. Tom lief direkt Richtung Dachterrasse, betrat diese, schaute auf die umliegenden Häuser und meinte mit einem Lächeln im Gesicht: „Ich nehme die Wohnung!", drehte sich zu Emma, die ihm gefolgt war um, und fügte noch hinzu: „Und um ihre Geschäfte brauchen Sie sich auch keine Gedanken zu machen, Miss Schinke. Sie werden gar nicht merken, dass ich da bin."

Emma schaute ihn daraufhin prüfend an, denn die Art wie Tom das sagte hatte etwas Zynisches. Aber am Ende siegte bei auch bei Emma die Gier und so sagte sie zufrieden: „Ich habe den Vertrag vorsorglich schon vorbereitet. Sie brauchen nur unterschreiben. Die Miete beträgt tausend fünfhundert Dollar und ist immer zum ersten des Monats in bar fällig."

Tom unterschrieb lächelnd den Vertrag, holte einen Geld Clip aus seiner Hosentasche, gab Emma die tausendfünfhundert Dollar ließ sich die Wohnungsschlüssel aushändigen und sagte zum Abschluss: „Ich werde mich jetzt auf den Weg ins Hotel machen, um mein Zeug zu holen.", verabschiedete sich per Handschlag von Emma und machte sich wieder auf den Weg nach unten. Im zweiten Stock traf er noch einmal auf die junge Frau, diese stand immer noch hinter der halb geöffneten Tür. Tom stoppte, um Sie nach ihren Namen zu fragen, als Emma auf einmal energisch durchs Treppenhaus brüllte: „Mai Ling! Kommst du mal bitte nach oben?" Die junge Frau hinter der Tür zuckte zusammen und antwortete zögerlich: „Jawohl, Miss Emma, ich, Ich bin schon auf dem Weg.", lächelte Tom an und meinte: „Sorry, ich muss, der alte Drachen ruft nach mir.", huschte gekonnt an ihm vorbei, wobei sie ihm leicht mit ihren Fingern über den Arm strich.

Tom stand wie versteinert da und schaute der zierlichen jungen Frau mit langem schwarzem, glänzendem Haar die elegant die Treppe hinauf lief hinterher. Oben angekommen fuhr Emma sie sofort an: „Du behältst mir diesen Tom im Auge. Ich will so viel wie möglich über ihn erfahren. Irgendetwas stimmt mit diesem Typen nicht" Mai Ling, die Emma, für das, was Sie ihrem Onkel angetan hatte, abgrundtief haste und nur auf eine Gelegenheit wartete es ihr heimzuzahlen, lächelte abfällig und fragte gelangweilt: „Sonst noch was Miss Emma?"

„Nein. Du kannst wieder gehen.", was Mai Ling dann auch sofort machte.

Tom war in der Zwischenzeit zu Radschi ins Taxi gestiegen und fragte: „Kannst du mich ins Hotel fahren? Ich will meine Sachen holen, ich ziehe um. Ach, und kannst du mir die Telefonnummer von deinem Bekannten geben? Ich würde mich gerne mit ihm treffen."

Mit einem: „Kein Problem Tom.", startete Radschi den Motor, fuhr los und fing an nebenbei im Handschuhfach rumzukramen, bis Tom auf einmal schrie: „Pass auf, die Ampel ist rot!", woraufhin Radschi mit quietschenden Reifen eine Vollbremsung hinlegte und erfreut rief, „Hier ist sie ja!" sich zu Tom umdrehte und ihm lächelnd eine Visitenkarte hinhielt. Tom griff nach der Karte schaute sich diese an und fragte: „Die Straße kommt mir so bekannt vor, wo hat dein Freund sein Büro?"

„Na in Chinatown!", antwortete Radschi freundlich lächelnd und fuhr weiter.

„Aber da waren wir doch heute schon!"

„Ja, und?"

„Warum hast du nichts gesagt?"

„Na, weil du Radschi nicht gefragt hast.", woraufhin Tom nur mit dem Kopf schüttelte und resigniert antwortete: „Das glaube ich doch jetzt nicht."

Am Hotel angekommen holte Tom, während Radschi mit dem Taxi wartete, sein Gepäck und checkte aus. Im Anschluss ließ er sich von Radschi zurück in die Emmerson Street bringen. Dort angekommen schnappte er sich seine Reisetasche und sagte: „Ich werde deinen Freund kontaktieren und melde mich bei dir." Radschi nickte zustimmend und machte sich wieder auf den Weg. Tom hingegen machte sich auf den Weg in seine Wohnung. Dort angekommen rief er als erstes John an um sich mit ihm zu verabreden im Anschluss legte sich auf die Couch und schlief ein.

Nachdem Tom die Nacht auf der, wie er feststellen musste, durchgesessenen Couch verbracht hatte, kümmerte er sich am darauffolgenden Tag erst einmal um die Einrichtung seiner Wohnung. Dafür besuchte er ein Fußläufig zu erreichendes Möbelhaus, kaufte sich dort ein Bett, Tisch, Sessel, Schrank sowie diverse Dinge wie Teller, Tassen, Gläser und ließ sich die Sachen noch am selben Tag in die Emmerson Street liefern und während der Lieferung im Treppenhaus wieder auf Mai Ling traf. Er war gerade mit einem länglichen Paket in den Händen auf dem Weg nach oben, als Sie in schwarzen Yoga-Pans, Pinkfarbenen Top und farblich dazu passenden Turnschuhen bekleidet die Treppe runterkam. Sie lächelte Ihn freundlich an und sagte: „Gut, dass ich dich treffe Tom, hast du morgen Abend schon etwas vor?" Tom der fasziniert von Mai Ling war, stellte das Paket ab, überlegte kurz und fragte dann: „Morgen ist Freitag, oder?"

„Ja Tom Morgen ist Freitag.", wiederholte Mai Ling lächelnd. Tom wollte gerade zusagen, doch dann viel ihm seine Verabredung mit John ein: „Tut mir leid doch morgen Abend bin ich schon mit einem Bekannten in Chinatown verabredet."

„In Chinatown?", fragte Mai Ling sichtlich erschrocken. Was Tom natürlich bemerkte und deshalb nachhackte: „Was ist so schlimm an Chinatown? Du wirkst etwas erschrocken." Mai Ling versuchte ihre Aufregung runterzuspielen: „Ach nichts Tom, ist schon gut. Wie heißt dein Bekannter, wenn ich fragen darf?"

„John Miller, er ist Privatdetektiv und soll mir bei der Suche nach meinem Freund helfen." Mai Ling wurde merklich nervöser. Woraufhin Tom nun etwas energischer fragte: „Was ist los? Du hast doch irgendetwas." Doch Mai Ling wollte nicht darauf antworten ging an Tom vorbei und sagte traurig: „Es ist Nichts Tom. Dann vielleicht ein anderes Mal?" Tom schaute ihr hinterher und fragte: „Was meinst du mit, ein anderes Mal?"

„Essen."

„Essen?", wiederholte Tom sichtlich irritiert.

„Ja, Tom ich wollte dich Morgenabend zum Essen einladen! Eine Verabredung, ein Date, das machen Menschen manchmal, wenn sie nicht gerade zu beschäftigt mit anderen Dingen sind. Wie zum Beispiel ihren Freund mit einem Privatdetektiv zu suchen." Tom fing daraufhin an zu lachen und antwortete sichtlich amüsiert: „Das hättest du doch gleich sagen können. Was ist mit Samstag?"

„Samstag hört sich gut an.", antwortete Mai Ling zufrieden. Im Anschluss schnappte sich Tom das Paket und ging weiter die Treppe hinauf. In seiner Wohnung angekommen, waren schon zwei Mitarbeiter des Möbelhauses damit beschäftigt alles aufzubauen. Tom setzte sich erschöpft auf die Couch zog seine braune Ledertasche, die neben der Couch stand zu sich heran, holte einen darin befindlichen Din A4 Umschlag heraus und schaute sich den Inhalt an. Es war der Umschlag, den ihm Chao geschickt hatte.

4

Am nächsten Tag, es war bereits später Nachmittag ließ sich Tom von Radschi nach Chinatown bringen. Nachdem Radschi vor dem Haus, in dem sich Johns Büro befand, gehalten hatte, drehte er sich zu Tom und sagte freundlich: „Tom ich habe noch etwas zu erledigen. Wenn du fertig bist, ruf mich an dann komme ich dich abholen." Woraufhin Tom zustimmend nickte und das Taxi verließ und über den Vordereingang das Haus betrat Im inneren roch es nach frisch gewaschener Wäsche. Johns Büro befand sich im ersten Stock. Dort angekommen, saß John gemütlich in seinem alten Ledersessel und fragte: „Du musst Tom sein. Was kann ich für dich tun?" Tom schaute sein gegenüber prüfend an. „Ja ich bin Tom wir hatten telefoniert. Ich bin auf der Suche nach meinem Freund Chao. Er scheint spurlos verschwunden zu sein."

„Chao?", fragte John erstaunt. „Ja, Chao! Wir kennen uns schon eine Ewigkeit. Wir haben auf derselben Uni studiert."

„Chao hat studiert?", wiederholte John abermals erstaunt. „Ja, Business Management. Ich denke du bist Privatdetektiv." John fing daraufhin an zu schmunzeln und antwortete abfällig: „Ja bin ich. Aber das heißt ja nicht das ich jeden Mandanten vorher unter die Lupe nehme. Ich kenne Chao, weil ich immer wieder mal ein paar Aufträge für ihn erledigt hatte." Tom schaute ihn daraufhin prüfend an, holte den Umschlag aus seiner Tasche schüttete den Inhalt auf Johns Schreibtisch und meinte: „Chao hat mir die Fotos hier geschickt. Weißt du etwas darüber?" John setzte sich aufrecht hin schaute sich diese an, lehnte sich wieder in seinen Sessel und antwortete grinsend: „Ich habe die Fotos gemacht! Chao gab mir den Auftrag, über zwei Mitarbeiterinnen der Bauaufsichtsbehörde zu recherchieren. Außerdem sollte ich in Erfahrung bringen, warum Emma Schinke Nicols und Morrison – das sind die Herren da auf den Fotos, die übrigens ebenfalls für die Stadt arbeiten – im White Dragon mit Kameras bespitzelt."

„Emma Schinke sagst du?", fragte Tom erstaunt.

„Ja! Sie und Chao haben das White Dragon bis zu dessen Schließung zusammen betrieben. Sie hat Ecke

Dorchester und Emmerson Street auch einen kleinen Autohandel mit Werkstatt. Sowie eine Immobilienfirma unter dem Namen Ost West Immobilien LTD. Aber diese Geschäfte nutzt Sie nur zum Geld waschen. Doch, um noch einmal auf die Fotos zurückzukommen. Ich habe herausgefunden, warum Emma die Herren, Tom Nicols und Jim Morrison im White Dragon mit Kameras überwacht hat."

„Und warum?", unterbrach Ihn Tom neugierig. „Ganz einfach Tom, um das Grundstück in der Emmerson Street Nummer sieben, wo sie heute ein Edelbordell betreibt, günstig zu erwerben. Aber es kommt noch besser. Nach Informationen einer Bekannten in der Stadtverwaltung hatte sie diesen Trotteln ein soziales Wohnungsbauprojekt vorgegaukelt, die Förderungen dafür kassiert und sich am Ende nur ihr Bordell von der Stadt finanzieren lassen." Tom schüttelte daraufhin nur verneinend mit dem Kopf und antwortete resignierend: „Das erklärt so einiges John, aber nicht, wo Chao ist."

„Dazu solltest du Chaos Nichte Mai Ling, befragen."

„Mai Ling ist Chaos Nichte?", unterbrach Tom sichtlich irritiert.

John schaute Tom daraufhin fragend an: „Ja, Sie ist seine Nichte. Wusstest du das nicht?"

„Nein das wusste ich nicht. Aber das erklärt so einiges."

„Wie meinst du das?"

„Ich habe Sie bereits getroffen und als ich ihr erzählte das ich einen Termin mit einem Privatdetektiv in Chinatown habe und einen Freund suche, wurde sie nervös."

John lehnte sich in seinen Sessel und fragte sichtlich überrascht: „Wo hast du Sie getroffen?"

Tom zog sich einen der zwei Stühle ran, die auf der anderen Seite von Johns Schreibtisch standen, setzte sich schlug das rechte über das linke Bein verschränkte zufrieden lächelnd die Arme und antwortete: „In der Emmerson Street. Ich habe dort vor kurzen Eine Dachgeschosswohnung über die Immobilienforma Ost West Immobilien angemietet."

„Das heißt du hast auch Emma Schinke bereits kennen gelernt. Weiß Sie, warum du hier bist?", unterbrach Ihn John.

„Ja John ich habe Emma Schinke bereits kennen gelernt und nein Sie weiß nicht, warum ich hier bin."

John fing daraufhin ebenfalls zu lächeln an und meinte: „Na, das ist doch super. Aber pass auf und behalte den humpelnden Russen Igor und den übergewichtigen Polen Tomek im Auge. Das sind Emma Schinkes Handlanger. Die beiden erledigen die

Drecksarbeit für sie. Ich gehe auch davon aus, dass sie etwas mit dem Verschwinden von Chao zu tun haben." Tom schaute nachdenklich auf die Bilder und sagte, „Ich will wissen, was mit Chao passiert ist. Aber ich brauche Hilfe und jemanden, dem ich vertrauen kann."

John stand auf stützte beide Arme auf seinen Schreibtisch und sagte in einem bestimmenden Ton: „Chao war auch mein Freund und wenn du willst, dann helfe ich dir herauszufinden, was mit ihm passiert ist."

Tom stand ebenfalls auf reichte John die Hand und sagte: „Danke, John. Ich würde die Unterlagen gerne bei dir deponieren."

„Keine Sorge, du kannst mir vertrauen." Und so verabschiedeten sich die beiden und Tom verließ das Büro. Draußen auf der Straße angekommen, rief Tom Radschi an und ließ sich von ihm zurück in seine Wohnung bringen. Dort setzte er sich sofort an den Rechner und fing an, über Tom Nicols und Jim Morrison zu recherchieren. Doch über Morrison fand er so gut wie, nichts heraus, da sein offizieller Lebenslauf, den man auch auf der Homepage der Bostoner Stadtverwaltung einsehen konnte, erst 1989, als er in die USA kam, begann.

Bei Tom Nicols hingegen war es anders. In einem selbstlos darstellenden Lebenslauf auf der Homepage der Stadt Boston erzählte dieser vermeintlich bereitwillig, wo er herkommt, über sein Studium im gehobenen Polizeidienst, dass er für das Amt des Bürgermeisters kandidiert, sich in seiner Freizeit ehrenamtlich in mehreren Vereinen engagiert und stark für den Umweltschutz einsetzt. Eben das übliche Blabla.

Tom starrte auf den Bildschirm seines Rechners und dachte: „Wen glaubst du eigentlich, mit dieser Augenwischerei beeindrucken zu können? Ich weiß bereits, was du für Dreck am Stecken hast! Und ich werde beweisen, dass dein von dir selbstlos dargestelltes Portrait Schwiegermutter-Liebling etliche (Schrammen) aufweist!" Danach klappte er seinen Laptop zu, nahm sich ein Glas Rotwein, setzte sich in den Liegestuhl auf seiner Dachterrasse und genoss den sternenklaren Himmel über Boston. Pünktlich um acht klopfte er am Samstagabend bei Mai Ling an die Tür, welche sie mit einem, „Hallo, Tom, komm noch kurz rein. Ich bin gleich fertig", öffnete.

Nachdem er das Zimmer betreten hatte und Mai Ling wieder im Bad verschwunden war, fing Tom an, das Zimmer nach Hinweisen zu durchsuchen. Allerdings erst einmal ohne Erfolg. Vor einem Bücherregal stehend war er dann etwas überrascht, als Mai Ling auf einmal hinter ihm stand und meinte: „Übrigens, Tom wurden wir uns noch gar nicht vorgestellt mein Name ist Mai Ling." Tom schaute sie daraufhin lächelnd an, reichte ihr zur Begrüßung seine rechte Hand und antwortete: „Du hast recht Mai Ling, mein Name ist Tom, Tom Nixon ich freue mich dich kennen zu lernen." Mai Ling entging natürlich nicht die Blicke mit denen Tom sie betrachte, und fragte verführerisch lächelnd: „Gefällt dir mein Kleid Tom?" Was Tom nur mit einem bejahenden Kopfnicken kommentierte. Was dazu führte das Mai Ling Tom einen Kuss auf die Wange gab und meinte: „Schön dann können wir ja los. Ich kenne ein schönes gemütliches Lokal am Hafen. Dort kann man gut essen und wir könnten im Anschluss noch ein wenig an der Promenade spazieren gehen." Tom lächelte daraufhin und antwortete: „Okay, ich rufe Radschi an der kann uns dort hinfahren.", griff zum Telefon und rief seinen Freund an. Nachdem dieser kurz darauf in der Emmerson Street ankam, ging es mit indischer Folkloremusik dann zum Hafen.

Dort angekommen drehte sich Radschi nach hinten um und sagte: „So, Radschi haben Feierabend. Wenn ihr nach Hause wollt, andere Taxi oder laufen." Worauf Mai Ling entgegnete: „Es war schön dich kennengelernt zu haben Radschi." Was dieser mit einem breiten Grinsen und: „War auch schön, dich kennengelernt zu haben, Mai Ling", beantwortete. Tom dagegen meinte nur: „Hör auf, Süß- Holz zu raspeln, Radschi.

Schönen Feierabend!" Danach stiegen die beiden aus und suchten sich in einem kleinen chinesischen Restaurant einen gemütlichen Platz an einem der Tische im Außenbereich.

Nachdem der Kellner sie begrüßt, ihre Bestellung aufgenommen und ihnen auf Kosten des Hauses ein Glas Wein gebracht hatte, nahm Mai Ling das Glas und fragte: „Warum bist du wirklich hier, Tom?"

„Wie ich dir schon gesagt habe Mai Ling, Ich bin auf der Suche nach einem alten Freund."

„Und hat dein Freund auch einen Namen?"

„Ja, sein Name ist Chao." Als Mai Ling den Namen hörte, ließ sie vor Schreck das Glas fallen.", Tom, der ja nun bereits wusste, wer Mai Ling war, fragte daraufhin etwas trocken: „Was ist mit dir, Mai Ling, geht es dir nicht gut?"

„Doch! Woher kennst du Chao, Tom?", versuchte Mai Ling abzulenken.

„Wir waren zusammen auf der Uni. Und woher kennst du ihn, Mai Ling?"

„Ich denke, das geht dich nichts an, Tom." Tom, der immer noch ganz ruhig auf seinem Platz saß, schaute zu Mai Ling rüber und sagte: „Chao ist Familie! Und ich werde herausfinden, was mit ihm passiert ist."

Mai Ling wurde merklich nervöser und entgegnete: „Du hast ja keine Ahnung, auf was du dich da einlässt, du bist doch bloß ein Schreiberling." Tom beugte sich daraufhin etwas vor, stützte seine Ellbogen auf dem Tisch, verschränkte seine Hände, legte sein Kin darauf ab, schaute Mai Ling direkt in ihre ängstlichen Augen und sagte: „Nein Mai Ling, ich glaube, du verstehst mich nicht. Ich sagte, Chao ist Familie und ich werde herausfinden, was mit ihm passiert ist. Und bezüglich deiner Äußerung, ich wäre ja nur ein Schreiberling und ich wüsste nicht, auf was ich mich da einlasse, kann ich dir sagen, ich weiß, worauf ich mich einlasse, Mai Ling, das ist nämlich nicht mein erstes Rodeo. Was weißt du über das Verschwinden von Chao?" Mai Ling fing an nervös auf ihrem Stuhl hin und her zu rutschen und antwortete mit bebender Stimme: „Ich … ich weiß gar nichts.".

Doch Tom ließ nicht locker, griff nach ihrer Hand und antwortete mit ernster Miene: „Ich denke, du weißt genau, was mit ihm passiert ist. Also lass deine Spielchen und sag mir einfach, was du weißt!"

Mai Ling zögerte kurz, riss sich los, sprang mit einem: „Ich kann dir nicht helfen Tom.", auf und lief davon.

Tom wusste, dass es keinen Sinn macht, ihr hinterherzulaufen. Also orderte er mit einer Handbewegung den in der Nähe stehenden Kellner zu sich an den Tisch, bestellte sich ein Glas Rotwein, holte sein Telefon aus der Tasche und rief John an.

„Was gibt es Neues, Tom?", fragte dieser kurz darauf.

„Ich hatte gerade eine Unterhaltung mit Mai Ling und so wie sie sich verhalten hat, denke ich, dass sie genau weiß, was mit Chao passiert ist."

„Warum? Was hat sie gesagt?", fragte John interessiert. Tom nahm einen Schluck aus seinem Glas und antwortete: „Gesagt hat sie kaum etwas. Sie wurde allerdings nervös und ließ ihr Glas fallen, als ich Chaos Namen erwähnte. Und und als ich sie direkt mit dem Verschwinden von Chao konfrontierte meinte Sie, ich wüsste nicht, auf was ich mich da einlasse, und ist abgehauen."

„Tom, du solltest vorsichtig sein. Es kann sein das Sie Angst hat, aber es kann auch genauso gut sein dass sie nur als Spion für Emma Schinke tätig ist." Tom nahm einen weiteren Schluck Rotwein stellte das Glas wieder ab lehnte sich etwas zurück und sagte:

„Glaub mir, darüber habe ich auch schon nachgedacht. Aber keine Sorge, das finde ich in den nächsten Tagen heraus."

„Gut! Halte mich einfach auf dem Laufenden."

„Alles klar, John, mach ich." Nachdem die beiden das Gespräch beendet hatten, trank Tom sein Glas Rotwein in Ruhe aus und machte sich danach zu Fuß auf den Weg nach Hause. Während er am Hafen entlanglief, schaute er aufs Meer hinaus und sah in der Ferne die leuchtenden Signallichter der draußen vor Anker liegenden Schiffe. Währenddessen dachte er über das Gespräch mit Mai Ling nach und plante seinen nächsten Schritt. Mai Ling war in der Zwischenzeit bereits wieder in der Emmerson Street Nummer sieben angekommen, wo sie schon von Emma Schinke in ihrer Wohnung erwartet wurde. „Wo warst du, Mai Ling?", fuhr diese sie auf der Couch sitzend an, als Mai Ling gerade ihre Wohnung betrat.

„Was machen Sie in meiner Wohnung? Und wie sind Sie hier überhaupt hereingekommen?", fragte Mai Ling daraufhin sichtlich erschrocken. Emma Schinke sprang von der Couch auf und anschrie: „Bist du wirklich so naiv und denkst, dass du hier machen kannst, was du willst? Ich bestimme, was hier passiert und du machst genau das, was ich dir sage. Hast du mich verstanden?" Mai Ling zuckte daraufhin erschrocken zusammen und antwortete kleinlaut, „Ja, Miss Emma."

„Das will ich dir auch geraten haben! So, und jetzt will ich von dir wissen, wo du warst?" Sichtlich eingeschüchtert und am ganzen Leib zitternd antwortete Mai Ling, „Sie sagten doch, ich soll ihn im Auge behalten. Also bin ich mit ihm essen gegangen."

„Essen? Ich bezahle dich nicht fürs Essen gehen." Danach trat Sie ganz nah an Mai Ling heran, streichelte ihr über die rechte Wange und meinte süffisant grinsend: „Mai Ling, du willst doch sicher dein süßes Gesicht behalten, oder?", worauf Mai Ling mit Tränen in den Augen antwortete, „Ja!"

„Dann gebe ich dir jetzt einen guten Rat. Mach, was ich dir sage, und halte dich aus meinen Angelegenheiten raus!", und verließ die Wohnung! Doch auf dem Weg nach unten begegnete ihr Tom auf der Treppe und meinte: „Guten Abend, Miss Schinke, so spät noch unterwegs?" Emma war über das zusammen treffen mit Tom allerdings nicht erfreut und antwortete schlecht gelaunt: „Ja, ich muss mich um meine Geschäfte kümmern. Bei einer meiner Mieterinnen gab es ein kleines Problem." Tom konnte sich natürlich denken um welches Problem es ging, deshalb fragte er provozierend: „Und, konnten Sie das Problem lösen?"

Woraufhin Emma Schinke sichtlich gereizt antwortete: „Glauben Sie mir, Mister Nixon, ich finde für jedes Problem eine Lösung!" und weiter ging. Tom schaute ihr hinterher, fing an zu grinsen und dachte, „Das werden wir ja noch sehen, Miss Schinke."

5

In den kommenden Tagen hielt sich Tom von Mai Ling fern und konzentrierte sich darauf, die Mitarbeiter der Stadtverwaltung unter die Lupe zu nehmen. Hierzu nahm er nochmal telefonisch Kontakt mit John auf. Dieser saß gerade in seinem Auto und führte eine Observation durch als Tom Ihn anrief. „Hi, Tom wie geht's dir was kann ich für dich tun?", woraufhin Tom gleich zum Punkt kam.

„Hallo John, ich bräuchte einen Termin bei Tom Nicols. Allerdings würde ich Ihn gerne Überraschen. Bekommst du das hin?" John fing an zu lächeln und antwortete: „Natürlich, Tom, ich sagte doch, ich habe dort eine Bekannte, die wird das schon organisieren. Ich regle das für dich und rufe dich zurück."

„Danke dir John."

„Kein Problem." Nachdem die beiden das Telefonat beendet hatte, machte sich Tom auf den Weg zu Emma Schinkes Autohandel. Dort angekommen

schaute er sich einige der doch schon in die Jahre gekommen Autos an und blieb vor einem blauen Dogge
Pickup stehen. Im gleichen Moment kreuzte auch
schon Igor auf und und fragte mit ruppiger Stimme,
„Wie kann ich Ihnen helfen, Mister Nixon?" Tom, der
Igor nur von Johns Erzählung kannte war doch etwas
überrascht und fragte erstaunt: „Kennen wir uns?"

„Ich bin Igor."

„Ah, verstehe, Sie sind also Igor! Ich schaue mich
nur ein bisschen um. Ich denke darüber nach, mir ein
Auto zuzulegen. Der blaue Dogge Pickup hier gefällt
mir gut."

„Das alte Ding gefällt Ihnen?", fragte Igor etwas
skeptisch und sagte dann mit ernster Miene. „Ich
denke, Sie sollten sich woanders nach einem Auto umschauen und jetzt verschwinden."

„Warum?"

„Weil ich denke, dass wir nicht das Richtige für
Sie haben."

Tom schaute ihn an, grinste und sagte: „Na, wenn
Sie meinen." Auf dem Weg zum Ausgang kam Emma
auf einmal aufs Grundstück gefahren, blieb direkt neben Tom stehen, öffnete die Seitenscheibe und fragte:
„Was treibt Sie denn hierher, Tom?"

„Ich wollte mir ein Auto zulegen und fand den
blauen Dodge Pickup da drüben ganz nett. Allerdings

meinte ihr Mitarbeiter, dass Sie nichts Passendes hätten, und forderte mich auf zu verschwinden."

Emma schüttelte nur verständnislos den Kopf und meinte: „Ach, Igor! Kommen Sie, Tom, wenn er Ihnen gefällt, können Sie ihn natürlich auch kaufen. Gehen wir in mein Büro." Um nicht weiter aufzufallen, kaufte Tom den alten Dodge Pickup kurzerhand. Nachdem alles erledigt war, verließ er Emmas Büro wieder und machte sich auf den Weg zum Wagen. Emma stand am Fenster, schaute ihm hinterher und murmelte: „Warum bist du wirklich hier und was hast du vor?" Sie ging in die Werkstatt und rief: „Igor? Igor? Wo steckt dieser Kerl nur wieder?" Wenig später erschien Igor dann im Büro. „Du wolltest mich sprechen, Emma?"

„Ja, was hast du dir dabei gedacht?"

„Wobei, Emma?"

„Das weißt du ganz genau, Igor." Igor, der nicht nachvollziehen konnte, warum Ihn Emma jetzt maßregelte, versuchte sich zu rechtfertigen und antwortete beleidigt: „Von wegen Auto kaufen, der wollte hier doch bloß herumschnüffeln, Emma."

„Das weiß ich, Igor, aber deshalb musst du ihn nicht so anfahren und somit seine Neugierde wecken. Tu mir einen Gefallen und behalte ihn und Mai Ling im Auge. Ich will wissen, was die beiden im Schilde

115

führen. Irgendetwas stimmt mit dem Jungen nicht." Igor nickte zustimmend und antwortete einsichtig: „Alles klar, Emma, ich kümmere mich darum."

Tom folgte unterdessen den Hinweisen seiner Recherche und nachdem ihm John über seine Freundin Nicole einen Termin bei Tom Nicols besorgt hatte, stattete er diesem wie geplant einen Überraschungsbesuch ab. Was auch wirklich funktionierte, denn als Tom mit den Worten: „Hallo, ich bin Tom Nixon und als freier Journalist für den Boston Telegraf tätig." in Nicols Büro auftauchte, schaute Ihn dieser völlig verdattert an und fragte: „Haben Sie einen Termin?", griff zum Telefon, rief seine Sekretärin an und fragte genervt: „Nicole, haben Sie den Reporter in mein Büro gelassen?" Nicole genoss die Sache natürlich und antwortete lächelnd: „Ja, Mister Nicols, er hat heute einen Termin bei Ihnen. Ich hatte Ihnen doch eine E-Mail geschrieben."

„E-Mail? Ich habe keine E-Mail erhalten!"

„Aber ich habe sie Ihnen geschickt, das weiß ich ganz sicher."

„Ja gut, vielleicht habe ich sie auch nach dem Lesen versehentlich gelöscht. Schließlich habe ich mit dieser anhaltenden chinesischen Grippewelle genug um die Ohren. Trotzdem danke, Nicole." Nicols schaute wieder zu Tom und fragte: „Wie kann ich

Ihnen helfen?" Tom nutzte die Situation und kam gleich zum Punkt. „Ich wüsste gerne, ob die Stadtverwaltung kürzlich ein Haus in der Emmerson Street verkauft hat?"

Nicols zuckte daraufhin nur mit den Schultern und antwortete gelangweilt: „Emmerson Street, sagen Sie? Ja, kann gut sein. Aber wieso interessiert Sie das?" Tom setzte sich daraufhin auf einen der beiden Stühle, die auf der anderen Seite des Schreibtisches standen und entgegnete: „Ach, wissen Sie, Mister Nicols, ein Freund von mir hat in der Sache bereits recherchiert und mir ein paar Unterlagen zukommen lassen. Allerdings ist er seit einigen Wochen verschwunden." Nicols lehnte sich in seinen Sessel zurück verschränkte die Arme schützend vor seinen Körper und antwortete abfällig: „Verschwunden sagen sie? Dann sollten Sie vielleicht die Polizei informieren!"

Tom ließ sich dadurch natürlich nicht aus der Fassung bringen und fragte: „Darf ich Sie diesbezüglich zitieren?" Was Nicols dazu veranlasste seine Schreibtischschublade zu öffneten, eine Akte herauszuholen, um im Anschluss sichtlich nervös darin zu blättern, bis er auf einmal meinte: „Ach, hier habe ich es ja. Ja, das Haus haben wir an einen privaten Investor verkauft." Und obwohl Tom wusste, wer das Grundstück gekauft hatte, fragte er: „Haben Sie auch einen Namen für mich?"

„Ja, warten Sie." Wieder blätterte Nicols in den Unterlagen. „Hier habe ich es. Ost-West Immobilien. Die Geschäftsführerin heißt Emma Schinke."

Tom schaute Nicols daraufhin prüfend an und sagte: „Wie ich gehört habe, soll der Verkauf recht schnell abgewickelt worden sein und außerdem haben Sie ja auch noch Fördermittel für den Bau genehmigt. Können Sie mir sagen, warum?"

„Warum was?", fragte Nicols mittlerweile sichtlich genervt. Was Tom natürlich auffiel und nachhakte, „Warum Sie dem Verkauf so schnell zugestimmt haben?"

Nicols versuchte daraufhin seine Nervosität wieder runterzuspielen, lehnte sich erneut in seinen Schreibtischsessel, setzte ein Lächeln auf und antwortete: „Ach, wissen Sie Mister Nixon, die Stadt muss sparen und die Unterhaltung ungenutzter Objekte, wie das in der Emmerson Street, kosten die Stadt natürlich viel Geld." Was Tom dazu nutzte, die Katze aus dem Sack zu lassen, wie der Volksmund so schön sagt; und darauf antwortete: „Das mag sein erklärt aber nicht, warum Sie für den Bau eines Puffs Fördermittel vergeben haben. Oder wollen sie mir weiß machen, dass sie nicht wussten, dass es sich bei der

Emmerson Street Nummer sieben um ein Bordell handelt?" Im Anschluss holte Tom einen Umschlag aus seiner Tasche, kippte den Inhalt auf den Tisch und fragte: „Hat Emma Schinke Sie damit erpresst, Mister Nicols?"

Nicols schaute auf die Bilder, stand auf, ging zur Tür und schrie völlig genervt: „Ich denke, wir sind hier fertig! Nehmen Sie ihre Scheiß Bilder und verschwinden Sie sofort aus meinem Büro." Tom packte daraufhin die Bilder wieder ein, ging zu Nicols der wartend an der Tür stand, schaute ihn grinsend an und sagte: „Vielen Dank dass sie sich die Zeit genommen haben Mister Nicols, Ich wünsche Ihnen noch einen schönen Tag und viel Glück bei ihrem Wahlkampf." und verließ das Büro.

Draußen angekommen, holte er sein Telefon aus der Tasche und rief John an. „Hallo, Tom, was gibt es Neues?", fragte dieser interessiert.

„Ich war gerade bei Nicols."

„Und, konntest du etwas in Erfahrung bringen?" unterbrach er Ihn neugierig.

„Ich denke schon! Denn, nachdem ich Nicols die Aufnahmen aus dem White Dragon gezeigt hatte und fragte, ob Emma Schinke ihn mit diesen Bildern erpresst hat, hat er mich kurzerhand aus seinem Büro geschmissen."

119

John fing daraufhin an zu lachen und entgegnete: „Ich verstehe da geht wohl jetzt jemandem der Arsch auf Grundeis, wie man so schön sagt. Tom, du solltest allerdings aufpassen, diese Typen überlassen nichts dem Zufall und haben das sogenannte Recht auf ihrer Seite." Tom ließ sich dadurch allerdings nicht einschüchtern und antwortete etwas überheblich: „Ach, John, weißt du, das wäre nicht das erste und wird mit Sicherheit auch nicht das letzte Mal sein, dass ich jemanden auf die Füße trete. Ich muss jetzt weiter, ich habe noch einen Termin. Ich ruf dich wieder an." Und legte auf, stieg in seinen Pickup und rief erneut eine Nummer an.

Nicols war außer sich vor Wut und rief natürlich sofort Emma Schinke an.

„Was wollen Sie, Nicols?", fragte diese etwas genervt, als sie seine Stimme hörte. „Was ich will? Die Frage ist doch wohl eher, was Sie wollen! Ich hatte gerade Besuch von einem jungen Mann in meinem Büro."

„Und?"

„Er behauptete, als freier Journalist für den Boston Telegraf zu arbeiten. Erst hat er mich gefragt, warum ich dem Verkauf ihres Grundstücks so schnell zugestimmt habe und für einen Puff Fördermittel vergebe. Und dann holte er einen Umschlag aus seiner Tasche, in dem sich die gleichen Bilder befanden, die Sie benutzten, und fragte prompt, ob Sie mich damit erpresst hätten. Ich weiß zwar nicht, was Sie hier für ein doppeltes Spiel spielen, kann Ihnen aber versichern, dass es nicht gut für Sie ausgehen wird." Woraufhin Emma Schinke entgegen Ihrer sonst in solchen Fällen aufbrausenden Art, ganz ruhig fragte: „Junger Mann, sagen Sie? Zirka ein Meter fünfundsiebzig groß, schlank, Militärhaarschnitt und trägt eine braune abgegriffene Umhängetasche aus Nappaleder?"

„Ja, genau, das war er", antwortete Nicols sofort euphorisch. „Dann weiß ich, wer das war. Ich wusste nur nicht, dass der junge Mann Journalist ist."

„Woher kennen Sie ihn?", wollte Nicols wissen.

„Er hat die Dachgeschosswohnung in der Emmerson Street gemietet. Keine Sorge, Nicols, ich kümmere mich darum.", erwiderte Emma und legte auf. Nachdem Emma das Gespräch beendet hatte, griff sie erneut zum Telefon und rief Igor an. „Ja, Chefin, was gibt es?" fragte dieser gerade in einer Bar am Tresen sitzend.

„Igor, wo bist du? Ich habe einen Spezialauftrag für dich. Du musst sofort etwas für mich erledigen." Igor schaute daraufhin stirnrunzelnd den Barkeeper, der ihm gerade einen zweiten Vodka einschenkte, an und antwortete Kopfschüttelnd: „Ich sitze gerade bei

Berry. Was soll ich machen, Chefin?" Woraufhin Emma genervt fragte: „Bei Berry? Igor es ist zwölf Uhr mittags, worauf Igor lediglich fragte: „Emma was willst du?" Emma erzählte ihm daraufhin was er und Tomek erledigen sollen. Als sie damit fertig war, stürzte Igor seinen Vodka herunter und entgegnete: „Alles klar, Emma, ich kümmere mich darum."

Tom versuchte unterdessen vergeblich, Mai Ling zu erreichen, um Sie vor Emma und Igor zu warnen, denn er glaubte das Sie sich als nächstes Mai Ling vor nehmen würden da Sie wusste, was mit Chao passiert ist und nicht so funktionierte wie Emma das wollte. Nachdem ihm das nicht gelang, rief er Radschi an. Dieser freute sich natürlich wieder von Tom zu hören und wollte gerade eines seiner ausführlichen Gespräche beginnen, als Ihn Tom sofort unterbrach:

„Radschi, kannst du Mai Ling sofort in der Emmerson Street abholen?"

„Natürlich Tom, aber was ist los du hörst dich sehr ernst an?"

„Okay, dann mache das bitte sofort. Alles andere erkläre ich dir später."

„Alles klar, Tom."

Nachdem die beiden das Gespräch beendet hatten, versuchte Tom noch einmal, Mai Ling zu

erreichen und hatte Glück. „Was willst du, Tom?“,
fragte sie ängstlich.

„Wo bist du, Mai Ling?“

„Wo soll ich schon sein. Ich bin zu Hause. Igor
und Tomek sind gerade angekommen, haben nach dir
gefragt und als ich sagte, dass ich nicht wüsste, wo du
bist, sind, sie rauf in deine Wohnung. Was ist hier los,
Tom?“

„Mai Ling, du musst sofort von dort verschwinden. Ich erkläre dir alles später. Aber jetzt musst du
dort weg. Kannst du dich irgendwo verstecken?“

„Ja, ich gehe zu meiner Tante nach Chinatown.“

„Dann pack dir ein paar Sachen ein, ich habe
Radschi schon angerufen, er kommt dich abholen.“

„Aber Tom, was wollen die von dir?“

„Du musst jetzt dort weg.“

„Okay, mach ich.“ Mai Ling steckte das Telefon
ein, holte eine kleine Tasche aus dem Schrank, packte
ein paar Klamotten ein verließ leise die Wohnung und
machte sich auf den Weg nach unten. Währenddessen
hörte Sie wie Igor und Tomek lautstark noch immer
Toms Wohnung auseinandernahmen. Doch auf einmal
wurde es still. Mai Ling schaute daraufhin nach oben
und erblickte Tomek der am Geländer stand und
schrie, „Igor, die Kleine will verschwinden!“ Was

dazu führte, dass Mai Ling nun die Treppe herunter-
rannte.

„Los, hinterher! Lass sie nicht entwischen!", antwortete Igor. Tomek machte sich sofort auf den Weg.
Allerdings vergeblich! Denn als er unten vor dem Haus
ankam, konnte er nur noch sehen, wie Mai Ling in einem Taxi verschwand. Igor war mittlerweile auch unten angekommen. „Konntest du sehen, ob noch jemand
im Taxi saß?", fragte er Tomek, der immer noch verärgert gestikulierend auf dem Gehweg umherlief und
in einer Tour, „Kurwa, kurwa, kurwa!", schrie. Igor
rief natürlich sofort Emma an.

„Was gibt es, Igor, bist du fündig geworden?",
wollte diese sofort wissen. „Nein, Emma, in der Wohnung war nichts. Wir haben aber noch ein Problem."

„Was für ein Problem?"

„Mai Ling ist gerade verschwunden. Ich denke, sie
steckt mit dem Typen unter einer Decke. Was sollen
wir jetzt machen? Sollen wir hier auf ihn warten?"

„Nein, Igor, das bringt nichts. Lasst ihn erst einmal
in Ruhe! Sucht und findet das Mädchen. Ich denke, sie
weiß mehr, als sie sagt."

„Aber wo sollen wir anfangen zu suchen? Die
kann überall sein."

„Fangt in Chinatown an."

„Okay, Emma, machen wir."

„Ach, und Igor, kümmert euch um die Ladung, die heute Nacht im Hafen ankommt."

„Ja, wird erledigt, Emma." Nachdem Igor das Gespräch mit Emma beendet hatte, widmete er sich wieder Tomek und meinte, „Bist du jetzt fertig? Du kannst so oft, Scheiße' rufen, wie du willst, sie ist dir nun mal davongelaufen. Komm, wir sollen sie suchen."

„Aber wo wollen wir anfangen?"

„Na, wo wohl? Ganz einfach – in Chinatown!" Und so, machten sich die beiden auf den Weg. Tom war unterdessen auch wieder in der Emmerson Street angekommen. Er hatte etwas abseits geparkt und gewartet, bis Igor und Tomek wieder verschwanden. Er holte sein Telefon aus der Tasche und rief Mai Ling an. „Tom, wo bist du? Geht es dir gut? Ich konnte ihnen gerade noch entwischen!" meinte diese sofort völlig aufgelöst.

„Beruhige Mai Ling. Ja, mir geht es gut. Ich bin in der Emmerson Street und habe Igor und Tomek noch gesehen. Die beiden sind gerade wieder verschwunden. Ich denke, dass sie den Auftrag haben dich zu suchen. Du musst mir sagen, was du weißt!" Mai Ling zögerte erst, aber dann meinte sie mit einem tiefen Seufzer: „Tom, komm heute Abend um acht Uhr nach Chinatown in den Tai Tung Park, dann werde dir erzählen, was ich weiß. Aber pass auf das dir niemand folgt!"

„Okay, Mai Ling, dann bis heute Abend und pass auf dich Auf."

„Du auch Tom."

Tom steckte das Telefon wieder in die Tasche, stieg aus dem Wagen und ging zum Haus. Als er kurz darauf in seiner Wohnung ankam, sah er, was die zwei angerichtet hatten. Überall lag etwas rum. Sogar die Polster der Couch waren mit einem Messer aufgeschlitzt worden. Tom schaute sich um und fing an, ein paar Sachen aufzuheben und zurück in das kleine Regal neben der Couch zu stellen. Dann setzte er sich hin, holte erneut sein Telefon aus der Tasche und rief John an.

„Hallo Tom schön von dir zu hören. Geht es dir gut?" Tom holte tief Luft und antwortete: „Ich glaube, du hattest recht, John. Die haben meine, Wohnung verwüstet. Ich denke mal, dass sie nach dem, Beweismaterial gesucht haben."

„Ich habe es dir doch gesagt, Tom, pass auf. Was ist mit der Kleinen?"

„Mai Ling ist in Chinatown untergetaucht."

„In Chinatown, sagst du?", unterbrach ihn John.

„Ja, in Chinatown! Ich treffe mich mit ihr heute Abend im Tai Tung Park."

„Okay, aber seid vorsichtig. Emma Schinke wird euch nicht in Ruhe lassen, bis sie hat, was sie will.“

„Ich weiß John, wenn ich was neues weiß melde mich wieder bei dir“, legte auf, steckte das Telefon in seine Hosentasche, fuhr sich mit beiden Händen über sein Gesicht, schnappte sich seine Tasche und machte sich auf den Weg nach Chinatown. Wo er bereits kurz vor acht am Tai Tung Park ankam. Er parkte seinen Pick Up und betrat den Park. Dieser war nicht besonders groß. Auf der kleinen Rasenfläche in der Mitte des Parks spielten ein paar Kinder mit Wasserflaschen und bespritzten sich gegenseitig. Tom setzte sich auf eine der am Rand stehenden Bänke und schaute dem Treiben schmunzelnd zu, bis er Mai Ling erblickte. Sie betrat den Park über den Westeingang und schaute sich suchend um. Als Sie Tom erblickte, kam sie zu ihm, packte sie ihn am Arm und sagte: „Komm mit, hier ist es nicht sicher!“

Auf der Tyler Street angekommen blieb Tom auf einmal stehen und meinte: „Warte doch mal, Mai Ling. Was ist denn los?“

„Komm schon, ich glaube, wir werden verfolgt.“ und so folgte er ihr bis sie vor einem chinesischen Restaurant stehen blieb und sagte: „Hier sind wir sicher und können uns in Ruhe unterhalten.“ Tom schaute nach oben auf das Schild über der Tür und

127

fragte sichtlich irritiert: „Madame Lings Gourmet Tempel? Was wollen wir hier?" Kurz darauf öffnete eine kleine alte grauhaarige Dame die Tür, begrüßte Mai Ling liebevoll mit einer Umarmung und einem Kuss auf die Wange und bat sie auf Chinesisch herein. Tom dagegen strafte sie mit einem ernsten Blick und deutete ihm mit einem Handzeichen, dass er eintreten soll.

Die alte Dame führte beide durch das Restaurant und die Küche in ein Hinterzimmer, gab Mai Ling mit einem Kopfnicken zu verstehen, dass alles okay ist, und verließ wieder den Raum. Dieser glich einem kleinen Wohn- oder Esszimmer. In der Mitte stand ein großer, runder, massiver Holztisch mit vier Stühlen, in der Ecke ein kleines altertümliches Sofa direkt unter einem Fenster und an der Wand ein alter rustikaler Schrank, an dessen Ecken Drachenfiguren ins Holz eingearbeitet waren. Mai Ling setzte sich auf das kleine Sofa und sagte: „Komm, setz dich zu mir. Ich werde dir jetzt alles erzählen und dir deine Fragen beantworten." Tom setzte sich darauf hin und Mai Ling fing an: „Du weißt ja bereits, was im Haus in der Emmerson Street Nummer sieben passiert."

„Ja, aber warum? Ihr hattet doch das White Dragon?"

„Ja, aber das änderte sich schlagartig, als Chao verschwand. Die Triaden verweigerten Emma den Schutz."

„Warum?", fragte Tom irritiert.

„Weil sie keine Chinesin, ist. Also musste sie Chinatown verlassen."

„Ah, ich verstehe. Aber was ist mit Chao passiert? Wurde Er von den Triaden beseitigt?"

„Nein, Chao gehörte in gewisser Weise selbst zu den Triaden und stand dadurch unter ihrem Schutz. Die ältere Dame, die du gerade kennengelernt hast, ist seine große Schwester und meine Tante. Ihr gefällt zwar nicht, wie ich mein Geld verdiene, aber sie ist nun mal auch die Schwester meiner verstorbenen Mutter."

„Das heißt, Chao war dein Onkel?", unterbrach Tom sie erneut.

„Ja."

„Aber Chao ist wie ich neunundvierzig Jahre alt. Dann müsstest du ungefähr..."

„Ich bin sechsundzwanzig", unterbrach ihn Mai Ling.

„Tom, der Grund warum ich dich im Hausflur angesprochen hatte, war, dass ich wusste, wer du bist. Chao hatte mir von dir erzählt, mir ein Foto von euch zwei gezeigt und gesagt, wenn ich einmal in

129

Schwierigkeiten gerate, soll ich die Nummer auf dem Foto anrufen." Sie kramte in ihrer Handtasche, holte das Foto raus und legte es auf den Tisch.

Tom nahm das Foto, grinste und sagte: „Das Foto haben wir vor zwei Jahren in den Hollywood Hills gemacht. An dem Tag kann ich mich noch gut erinnern. Wir hatten uns zwei Mountainbikes besorgt und sind in die Hills gefahren." Mai Ling nahm Toms Hand und sagte mit zitternder Stimme: „Tom, ich weiß, was mit Chao passiert ist. Ich habe alles mitangesehen. Emma Schinke hat ihn in seinem Büro erschossen."

Mai Ling ließ sich gegen Toms Brust fallen und fing an zu weinen. Tom, der mit derartig emotionalen Ausbrüchen von Frauen meist völlig überfordert war, streichelte ihr vorsichtig über den Kopf und sagte: „Ich denke, Chao hat jemanden erpresst und sie ist dahintergekommen. Ich weiß mittlerweile, dass er in Emma Schinkes Auftrag einen Privatdetektiv engagiert hatte, um zwei Damen von der Bostoner Stadtverwaltung auszuspionieren. Außerdem hat er mir Fotos von zwei Herren geschickt, die regelmäßig das White Dragon besucht haben. Und wie ich bereits herausgefunden habe, arbeiten diese in leitender Tätigkeit bei der Stadtverwaltung."

Daraufhin hob Mai Ling den Kopf und sagte: „Mein Onkel Chao war ein Ehrenmann, immer diskret und hätte nie etwas Derartiges gemacht. Emma Schinke wollte, dass Chao Videokameras in den Räumen der Mädchen installieren lässt."

„Okay, kann sein, aber dennoch hat er etwas damit zu tun! Was ist eigentlich mit den Mädchen, sind die Illegal hier?"

Mai Ling zögerte einen Moment. „Ja. Sie werden in Schiffscontainern hierhergebracht. Genauso wie das Kokain." Auf einmal öffnete sich die Zimmertür. Mai Lings Tante betrat aufgeregt das Zimmer und sagte: „Kommt, ihr müsst von hier verschwinden. Die suchen euch bereits. Ich habe für euch ein Zimmer im Hotel Baldo in Little Italy organisiert. Fragt dort nach Luigi, er wird euch helfen. Nehmt den Hinterausgang."

Mai Ling wollte sich noch von ihrer Tante mit einer Umarmung verabschieden, doch die schob sie weg und meinte nur: „Mach schon, geht, ihr habt keine Zeit." Tom und Mai Ling verließen das Haus über den Hintereingang und landeten in einer dunklen Gasse, in der es nach Abfällen und Urin stank. Als sie diese endlich wieder verlassen hatten, fragte Mai Ling: „Tom was ist mit deinem Auto?"

„Das steht vor dem Tai-Tung Park. Komm wir nehmen uns ein Taxi!" und so hielten sie ein Taxi an und machten sich auf den Weg nach North End, das im Volksmund als Little Italy bezeichnet wird, da die meisten dort lebenden Menschen italienischer Abstammung sind.

6

Es wurde bereits dunkel, als sie am Hotel Baldo in der Salem Street ankamen. Das Haus erinnerte an die Gründerzeit. Die Fassade war Terrakottafarben gestrichen. Über dem Eingang war ein in Stuck eingearbeitetes Schild mit dem Namen des Hotels angebracht. Die Rezeption betrat man allerdings über einen Seiteneingang, wo ein kleiner, rundlicher Mann mit Halbglatze in einem weißen, verschwitzten Unterhemd an einem alten Schreibtisch saß, auf einen kleinen Fernseher starrte und sich mit den Worten: „Pazzo, stupido, giochi come un principiante!" über das Fußballspiel aufzuregen schien, welches gerade im Fernseher lief.

Mit einem mehrfachen leichten Schlag auf die Messingklingel, die auf dem Tresen stand, und einem: „Hallo, wir suchen nach Luigi?", unterbrach Tom das Ganze. Der kleine Mann schaute daraufhin nach oben und sagte: „Perdono, aber Fußball regt mich immer so auf. Mailand gegen Turin eins zu null für Turin. Die

133

Mailänder spielen heute wieder wie ein paar Anfänger. Was kann ich für euch tun?"

„Wir suchen Luigi."

„Gut, habt ihr gefunden."

„Du bist Luigi?", fragte Mai Ling.

„Si!"

„Madame Ling, meine Tante, schickt uns."

„Ah ja, ihr braucht ein Zimmer. Gut, ich gebe euch Zimmer einhundert Zwei, habt ihr wunderschönen Blick auf die Kirche. Ist im ersten Stock am Ende des Ganges, könnt ihr Fahrstuhl nehmen." Die beiden nahmen den Zimmerschlüssel und machten sich auf den Weg nach oben. Das Zimmer war in einer Alt-und-Neu-Kombination eingerichtet. An der Wand hing ein Fresko in Blau mit einem Katzenporträt und einer Landschaft. Das moderne, aus einem einfachen Metallrahmen bestehende französische Bett erinnerte ein bisschen an eine Armeebaracke. Die zwei alten Stühle am Fenster und der Schreibtisch an der Wand stammten wahrscheinlich aus den 1920 er Jahren.

Der Fernseher an der Wand und die Lampen sowie der Kleiderständer, der anstelle eines Schrankes im Zimmer stand, waren definitiv neu. Tom ging ins Bad und meinte: „Das Bad hat kein Fenster." Als er wieder zurück ins Zimmer kam, lag Mai Ling bereits schlafend auf dem Bett. Er ging zum Fenster und schaute auf die Zeiger der Kirchturmuhr. Es war bereits nach Mitternacht. Er legte sich zu Mai Ling ins Bett und schlief wenig später ebenfalls ein.

Als er am nächsten Morgen von dem Schlag der Kirchturmuhr geweckt wurde und sich zu Mai Ling umdrehte, war diese nicht mehr da. Erschrocken schaute er sich um und ging ins Bad. Auf einmal fummelte jemand an der Tür umher. Tom schnappte sich daraufhin den Schirmständer, der in einer Ecke neben der Eingangstür stand, hob diesen Schlagbereit, öffnete mit der rechten Hand die Eingangstür und wurde im nächsten Moment von Mai Ling grinsend mit einem: „Ich habe uns Kaffee geholt!", begrüßt. Woraufhin Tom den Schirmständer wieder an seinen Platz stellte und genervt antwortete: „Danke, das sehe ich, aber du weißt schon, dass wir verfolgt werden. Mai Ling reichte Tom lächelnd einen der Kaffeebecher und entgegnete: „Ja, weiß ich, aber auch die zwei müssen irgendwann mal schlafen. Außerdem hatte ich Kaffeedurst." Die beiden setzten sich aufs Bett und Mai Ling fing an: „Tom, du brauchst nicht weiter nach Chao zu suchen."

„Du weißt, wo er ist?", fragte Tom daraufhin stirnrunzelnd.

„Ja."

„Wo?"

„Ich glaube, sie haben ihn im Keller in der Emmerson Street begraben. Emma ließ ihn dort hinbringen."

„Woher willst du das wissen?"

„Weil ich gehört habe, wie sie zu Igor sagte: „Schafft ihn in die Emmerson Street und bestell für morgen früh die Betonmischer." Sie holte einen Datenstick aus ihrer Tasche und sagte, „Tom, so, wie im White Dragon, sind auch die Wohnungen der Mädchen in der Emmerson Street videoüberwacht."

„Meine auch?"

„Nein, nicht mehr. Nachdem Emma Schinke hatte, was sie wollte, hat sie die Kameras dort wieder entfernt. Hier auf diesem Stick befinden sich Kopien von der Eröffnungsveranstaltung mit Bildern vom Bürgermeister, dem Polizeichef, dem Oberstaatsanwalt, drei Mitarbeitern von der Stadtverwaltung, zwei Männer und eine Frau. Sowie einige andere Widerlinge."

„Wo hast du denn her?", fragte Tom neugierig.

„Ich habe Kopien gemacht. Chao hat immer gesagt, halte, Dir ein Türchen offen."

Tom holte seinen Laptop aus der Tasche, steckte den Stick ein und fing an, die Bilder durchzusehen. Auf einmal sagte er: „Das ist doch Bürgermeister-Kandidat Nicols! Dem habe ich schon einen Besuch abgestattet."

„Du hast was?", unterbrach ihn Mai Ling.

„Ja natürlich, manchmal muss man auf den Busch klopfen, um die Schlangen herauszulocken. Und wie man an meiner verwüsteten Wohnung sehen kann, hat es ja auch funktioniert." Tom überlegte kurz und sagte dann: „Ich glaube, es ist besser, wenn ich dich von hier wegbringe."

„Aber wo soll ich hin? Ich habe niemanden mehr außer, Meiner Tante."

„Du fliegst nach Kalifornien und versteckst dich in meinem Haus in Laguna Beach, das kennt niemand."

Mai Ling schaute Tom an und fragte: „Und was willst du machen Tom?"

„Ich werde die ganze Sache auffliegen lassen."

„Wie willst du das anstellen? Die haben ihre Finger überall drin."

„Ganz einfach, ich werde da weitermachen, wo ich aufgehört habe."

Mai Ling schaute Tom fragend an, zuckte ahnungslos mit den Schultern und fragte: „Was meinst du mit da weiter machen, wo du aufgehört hast?"

„Im Rathaus, Mai Ling! Als Nächstes statte ich dem Bürgermeister einen Besuch ab. Mal sehen, wie er auf meine Fragen reagiert. Doch jetzt ist es erst einmal wichtig, dass du von hier verschwindest. Ich bringe dich jetzt zum Flughafen."

„Aber ich habe nichts dabei, Tom!"

„Das ist doch gut, so reist es sich sowieso viel besser. Und alles, was du brauchst, kannst du dir drüben kaufen. Hier sind fünf- hundert Dollar, die sollten erst einmal reichen. Den Flug bezahle ich mit der Kreditkarte." Tom holte sein Telefon aus der Tasche und rief Radschi an, der wenig später vor dem Hotel Baldo auftauchte. Und so machten sich die beiden in Radschis Taxi auf den Weg zum Flughafen. Was sie allerdings nicht wussten, war, dass Igor und Tomek Radschi beschattet hatten und ihnen nun folgten.

Am Flughafen angekommen stiegen Mai Ling und Tom noch immer nichts ahnend aus dem Auto und Tom meinte: „Warte, Radschi, ich bringe Mai Ling nur zum Gate und komme gleich wieder." Doch als sie gerade das Flughafengebäude betreten wollten, drehte Tom sich noch einmal um und sah Igor und Tomek. „Lauf, Mai Ling! Dein Flug geht vom Gate drei, Flugnummer 7510. Igor und Tomek sind hier!" Doch anstatt zu machen, was Tom ihr sagte, drehte sich Mai Ling nur um und stand auf einmal wie versteinert da. Tom fasste daraufhin ihren Arm und zog sie mit einem: „Komm schon, Mai Ling, worauf wartest du!" in die Abflughalle. Als die beiden merkten, dass sie erkannt wurden, schrie Igor: „Los, Tomek, schnapp sie dir und lass sie nicht wieder entwischen!" Doch Mai Ling und

Tom waren bereits am Gate angekommen. „Ich habe eine Reservierung für Tom Nixon."

„Möchten Sie einen Fensterplatz, Mister Nixon?", fragte die Dame hinter dem Schalter freundlich. „Fensterplatz? Nein, ich fliege nicht mit, diese junge Dame hier wird fliegen." Tom drehte sich um und sah, wie Tomek immer näherkam und sich suchend umherschaute. „Wir haben keine Zeit für so etwas. Ja, sie möchte einen Fensterplatz", meinte Tom auf einmal genervt. Nachdem die Dame alles eingegeben hatte, sagte sie: „Bitte, hier ist ihre Bordkarte." Mai Ling nahm diese, umarmte Tom und sagte: „Vielen Dank für alles und pass auf dich auf. Ich melde mich, wenn ich in Los Angeles gelandet bin."

„Ja, Mai Ling, alles klar, los, geh jetzt!" Nachdem Igor und Tomek ebenfalls am Gate angekommen waren, meinte Tom nur grinsend: „Na, alter Mann, wieder mal zu spät?" Daraufhin trat Igor dicht an Tom heran und fragte: „Wie hast du mich gerade genannt?", und verpasste ihm dabei einen Leberhaken. Nach Luft japsend sank Tom daraufhin sofort zu Boden. Igor schaute ihn an und meinte nur lächelnd: „Da hast du deinen alten Mann, Schreiberling. Und merke dir, wir sind noch nicht fertig mit dir und deiner kleinen Schlampe." Doch als Tomek sah, dass eine Polizeistreife auf den Vorfall aufmerksam wurde, packte er Igor am Arm und meinte: „Die Bullen kommen. Lass uns verschwinden." Als die Polizisten bei Tom ankamen, hatte er sich mittlerweile wieder ein wenig gesammelt und versuchte aufzustehen. Wobei ihm einer der beiden Polizisten half und fragte: „Alles okay bei Ihnen, Sir? Wer waren die beiden?" Nachdem Tom wieder auf seinen Beinen stand, antwortete er: „Alles okay, Officer, war nur ein Missverständnis." Der Officer nicke zustimmend und meinte abschließend: „Okay, dann alles Gute." Und machte sich mit seinem Kollegen wieder auf den Weg.

Im verließ auch Tom auf immer noch wackligen Knien, die Abflughalle. Draußen angekommen rauchte Radschi genüsslich eine Zigarette. Doch als er Tom sah, schnippte er seine Kippe weg und fragte: „Alles okay, Tom? Du siehst so blass aus."

„Ja, alles gut. Ich hatte nur gerade ein wenig Atemnot. Kannst du mich in die Emmerson Street fahren?"

„Natürlich, Tom." Und so machten sich die beiden auf den Weg.

Igor und Tomek waren indessen schon wieder bei Emma angekommen. Nachdem sie ihr gebeichtet hatten, dass ihnen Mai Ling abermals entwischt war, meinte diese nur: „Langsam stelle ich mir die Frage, Igor, ob du und dieser Fleischklops Tomek die

Richtigen für diesen Job seid." Igor der sich in seiner Ehre angegriffen fühlte antwortete daraufhin: „Emma, das ist unfair! Mai Lings Tante, Madame Ling hat sie gewarnt, als wir bei ihr im Restaurant auftauchten. Und nur so konnten die beiden entwischen."

Emma schaute aus dem Fenster ihres Büros und entgegnete: „Ich denke, dass wir davon ausgehen können, dass dieser Tom mittlerweile weiß, wie alles zusammenhängt und was mit Chao passiert ist."

„Woher soll er das Wissen, Emma?", fragte Igor. Sie drehte sich zu ihm um und und antwortete lächelnd: „Ich denke, unser Freund Chao wird ihm Informationen geschickt haben. Deshalb ist er auch hier aufgetaucht und hat angefangen, herumzuschnüffeln. Igor, du musst dich darum kümmern, finde ihn, bring in Erfahrung, wo Mai Ling sich versteckt, und dann bring ihn um! Um Mai Ling kümmern wir uns später." Igor rieb sich daraufhin die Hände und antwortete lächelnd: „Alles klar, Emma, ich habe auch schon eine Idee wie ich das mache." Emma nickte zustimmend: „Gut! Denn heute Nacht kommt eine weitere Ladung Mädchen und fünfzig Kilogramm weißes Gold an und ich will nicht, dass er uns dazwischenfunkt. Wir können uns keine weiteren Fehler mehr leisten. Das Schiff legt um neunzehn Uhr im

Containerhafen am Pier sieben an. Ihr müsst unsere Sachen aus dem Container holen, bevor der Zoll dort auftaucht. Die Containernummer ist MUMB 160872. Ich habe bereits einen LKW organisiert, der um achtzehn Uhr dreißig am Hafen auf euch warten wird. Du begleitest den Container ins Gewerbegebiet am alten Schrottplatz. Dort habe ich eine Lagerhalle mit der Nummer 7420 gemietet. Die Mädchen bleiben erst einmal dort, bis wir die Papiere bekommen. Das Kokain bleibt bis auf ein Päckchen auch in der Lagerhalle. Dieses eine Päckchen bringst du mir mit."

„Was willst du damit?", fragte Igor nach.

„Ich habe da etwas vor und der Polizeichef schuldet mir sowieso noch einen Gefallen." Dann drehte sie sich zu Tomek und sagte: „Tomek, und du bist für die Mädchen verantwortlich. Hast du mich verstanden?"

„Ja, Miss Emma."

„Also macht euch auf den Weg."

7

Tom hatte sich unterdessen abermals über Johns Kontakt im Rathaus einen Termin beim Bürgermeister organisiert. Was er nicht wusste, war, dass Das Igor sein Handy über seinen bekannten, der Hacker war, getrackt hatte. Das war auch der Grund, warum die Igor und Tomek so schnell am Flughafen waren. Nachdem die beiden Emmas Büro wieder verlassen hatten, holte Igor sein Handy aus der Tasche, ein kleiner roter Punkt zeigte ihm, wo sich Tom befand. Mit einem: „Egal wie schnell du rennst Tom Nixon ich weiß trotzdem, wo du bist!", steckte er das Telefon wieder in die Tasche und sagte zu Tomek: „Los, fahr zum Hafen."

Dort angekommen, wartete der LKW bereits an der Hafeneinfahrt. Igor deutete dem Fahrer mit einer kurzen Handbewegung, dass er ihnen folgen soll. Das Schiff, ein russischer Containerfrachter, lag bereits am Kai. Als Tomek neben dem Schiff gehalten hatte, meinte Igor: „Warte hier, Tomek. Ich sorge dafür, dass uns der Container gleich auf den LKW gestellt wird." Er stieg aus dem Auto und lief eine lange Treppe, die direkt an der Seite des Schiffes entlangführte, hoch und begrüßte den am Ende der Treppe wartenden Kapitän mit einer freundschaftlichen Umarmung und einem: „Strastwuitje Kamerad!"

Was der Kapitän ebenfalls mit einem: „Strastwuitje Igor!" kommentierte. „Mischa, wie geht es dir?", fragte Igor daraufhin.

„Gut, und selbst?"

„Danke, mein Freund, ich kann nicht klagen. Aber lass uns zum Geschäftlichen kommen, bevor der Zoll auftaucht. Hier wie abgesprochen." Igor holte einen Umschlag aus der Jacke und streckte ihn mit den Worten: „Unser Container ist der MUMB 160872" dem Kapitän entgegen. Dieser nahm den Umschlag, steckte ihn in seine Jackentasche und antwortete zufrieden: „Alles klar, Igor. Warte." Er nahm sein Funkgerät und gab die Containernummer durch. Sofort bewegte sich ein Kran auf dem Schiff, packte den Container und setzte ihn auf den LKW. Igor bedankte sich bei seinem Freund mit einer weiteren Umarmung und einem: „Doswidanja Mischa", verließ das Schiff wieder über denselben weg wie er gekommen war und machte sich im Anschluss mit dem LKW im Schlepptau auf den Weg ins Gewerbegebiet.

Tom war unterdessen auf dem Weg zum Rathaus. Es war bereits kurz nach neunzehn Uhr, als Tom mit den Worten: „Hallo, Bürgermeister, mein Name ist Tom Nixon. Ich bin als freier Mitarbeiter für den Boston Telegraf tätig" in dessen Büro auftauchte. Was Bürgermeister Stefano Zampaniony, der als Sohn italienischer Eltern in Boston geboren wurde und dem seine Kritiker seit seinem Amtsantritt immer wieder Korruption und Vetternwirtschaft vorwarfen, sichtlich irritierte. Er fragte daraufhin: „Wie, Sie sind Reporter?", da er nichts von dem Besuch eines Reporters wusste. Nicole hatte ihm lediglich einen Termin eingetragen. Tom bemerkte die Verwunderung des Bürgermeisters, nutzte diese und sagte: „Der Grund meines Besuches ist, dass ich gerade einem Korruptionsverdacht nachgehe."

„Ja schön, aber was habe ich damit zu tun?" unterbrach ihn der Bürgermeister daraufhin sofort. Wodurch sich Tom nicht aus dem Konzept bringen ließ, und in einem überheblichen Tonfall erwiderte: „Ganz einfach, es ist eine ihrer Behörden, die darin verwickelt ist. Mitarbeiter ihres Hauses sollen sich bestechen lassen haben. Darüber hinaus wurden Fördergelder für ein Bauvorhaben bewilligt, bei dem es sich, wie sich im Nachhinein herausgestellt hat, um kein soziales Wohnungsbauprojekt gehandelt hat, sondern um den Bau eines Edelbordells. Kennen Sie das Grundstück in der Emmerson Street Nummer sieben, Herr Bürgermeister?" Der Bürgermeister schaute Tom fragend an, doch bevor er antworten konnte, ergriff Tom wieder das Wort und meinte: „Natürlich kennen Sie das Haus. Sie waren als Gast bei der Eröffnung geladen."

Daraufhin lehnte sich der Bürgermeister süffisant grinsend in seinem Ledersessel und antwortete: „Na und! Ich bin mehrmals im Monat auf irgendwelche Veranstaltungen eingeladen. Das bringt mein Beruf nun mal so mit sich!" Tom holte daraufhin einen Umschlag aus seiner Aktentasche und erwiderte: „Das mag sein, Bürgermeister. Was Sie allerdings nicht wissen, ist, dass an diesem besagten Abend Fotos von Ihnen gemacht wurden." Woraufhin der Bürgermeister immer noch grinsend meinte, „Na und! Auch das ist nichts Neues."

Tom stand auf, kippte den Inhalt des Umschlages, den er aus der Tasche genommen hatte, auf den Schreibtisch des Bürgermeisters und meinte trocken: „Ich glaube, Sie verstehen mich nicht, doch ich denke, dass ihnen die Bilder hier, auf die Sprünge helfen werden.", und verließ das Büro. Der Bürgermeister nahm ein paar der Bilder in die Hand und erstarrte beim Anblick. Es waren Bilder, die ihn nackt mit drei minderjährigen Mädchen zeigten. An den Gesichtern der Mädchen konnte man allerdings sehen, dass sie unter Drogen standen. Der Bürgermeister war außer sich vor Wut. Woraufhin er auf einmal völlig hysterisch aufsprang, mit seinen Armen alles von seinem Schreibtisch fegte und schrie: „Verdammte Scheiße!" Im Anschluss öffnete er die Schreibtischtür, holte eine Flasche Whisky und ein Glas heraus, schenkte sich einen Doppelten ein, stürzte diesen in einem Zug herunter, ließ sich in seinen Schreibtischsessel fallen und starte erneut auf die am Boden liegenden Bilder.

Als Tom das Rathaus wieder verließ, war bereits dunkel draußen und fing an zu regnen. Er klappe den Kragen seiner Jacke hoch und machte sich durch den Boston Garden auf den Weg zu seinem Pickup. Die kleinen Lampen am Rand des schwarzen, asphaltierten Weges waren wenig hilfreich, da der schwarze Asphalt das Licht schluckte. Auf einmal hörte Tom ein Knacken hinter sich, drehte sich um und erkannte die Silhouette eines kleinen Mannes. Doch bevor Tom reagieren konnte, kam dieser schnell näher und schlug ihm mit etwas metallischen gegen seinen Kopf. Woraufhin Tom das Bewusstsein verlor und zu Boden sank. Als er wenige Minuten später langsam wieder zu sich kam, erkannte er auch den Mann, der ihn niedergeschlagen hatte, es war Igor. Dieser beugte sich nun über ihn und fragte: „Na, geht es wieder? Ich dachte schon, ich hätte zu hart zugeschlagen.", hielt Tom seine Pistole, eine Makarow, Kaliber neun Millimeter vors Gesicht und sagte: „Darf ich vorstellen Natascha, Sie ist für deine Kopfschmerzen verantwortlich. Tom versuchte trotz seiner immer noch weichen Knie aufzustehen, doch Igor drückte ihn wieder zu Boden schüttelte verneinend mit dem Kopf und sagte: „Nein Tom für dich ist hier die Reise zu Ende.", brachte seine Pistole in Anschlag. Doch er kam nicht mehr dazu abzudrücken, denn auf einmal wurde er von mehreren Kugeln in Kopf und Brust getroffen und sackte leblos über Tom zusammen. Vom austretenden Blut, angeekelt versuchte Tom erst einmal vergeblich, Igor von sich runterzuschieben und aufzustehen, bis ihn auf einmal eine Hand helfend am Arm packte und meinte: „Sag mal, habe ich dir nicht gesagt, du sollst aufpassen?" Tom, der immer noch benommen war, wischte sich das Blut aus dem Gesicht und fragte, „John?"

„Ja, Tom, ich bin es. Der Russe ist dir gefolgt. Er hatte anscheinend dein Telefon gehackt. Doch hat er wohl nicht erwartet, dass ich das Gleiche mit seinem gemacht habe." Tom schaute auf Igor: „Wir müssen die Polizei rufen, John. Ich werde denen alles erklären." John schüttelte daraufhin nur verständnislos mit dem Kopf und antwortete: „Das kannst du gleich vergessen. Was willst du denen erklären? Dass du nach einem netten Plausch mit dem Bürgermeister im Park überfallen worden bist? Vergiss es, die stecken doch alle unter einer Decke! Der Russe bleibt hier! Wir kümmern uns jetzt erst einmal um deinen Kopf. Ich kenne da jemanden, der dir helfen wird." Auf einmal sah John, wie sich zwei Taschenlampen näherten, packte Tom am Arm und sagte: „Komm, Tom, wir müssen weg hier, das sind mit Sicherheit zwei Wachleute. Die patrouillieren hier nachts immer im Park, um die Junkies fernzuhalten." Und so machte sich die beiden auf den Weg zu Johns Auto. Dort angekommen verfrachte John, Tom auf den Beifahrersitz holte sein Telefon aus seiner Jackentasche und wählte eine Nummer. Kurz darauf meldete sich am anderen Ende eine unsanfte Frauenstimme und fragte: „Was willst du John?" John der scheinbar nicht mit dieser Reaktion gerechnet hatte, stockte kurz und fragte kleinlaut: „Bist du zu Hause, Melissa ich brauche deine Hilfe?"

„Ja."

„Okay, Ich bin in zwanzig Minuten da." und legte auf.

Tom fragte mit einem süffisanten Lächeln auf den Lippen: „Wer ist Melissa?"

„Lange Geschichte."

„Ich habe gerade nichts vor, John."

„Melissa ist meine Ex-Frau."

„Du warst verheiratet?"

„Wir haben uns vor fünf Jahren getrennt. Sie arbeitet seit fünfzehn Jahren im Massachusetts General Hospital als Notärztin. Wir haben uns dort vor zehn Jahren kennengelernt. Damals hatte sie gerade ihr Harvard-Studium beendet, und weil das Massachusetts General das Lernkrankenhaus der Medizinischen Fakultät der Harvard-Universität ist, blieb sie gleich dort und trat die Stelle als Notärztin an."

„Warum habt ihr euch getrennt, John?"

„Du bist sehr direkt, Tom!"

„Ja, ich weiß, deshalb mögen mich die Menschen wahrscheinlich auch so sehr."

„Ah, verstehe. Du meinst, so wie der Russe im Park!"

„Ja. So ungefähr."

„Na ja, lassen wir das. Wie schon erwähnt, hatten wir uns vor zehn Jahren im Massachusetts General kennengelernt. Es war in der Notaufnahme, damals war ich noch Polizist." „Du warst ein Cop?", unterbrach ihn Tom erneut. Was John nervte und deshalb etwas angesäuert fragte: „Sag mal willst du die Geschichte nun hören, Tom, oder nicht?"

„Entschuldige, John, erzähl weiter."

„Mein Kollege wurde bei einer Drogenrazzia schwer verletzt, ich brachte ihn ins Massachusetts General, wo ich auf Melissa traf, sie war an diesem Abend die diensthabende Notärztin."

„Was ist passiert, warum habt ihr euch getrennt?"

„Ende der Geschichte Tom. Ach, übrigens, wir sind da."

Nachdem John seinen Wagen in der Auffahrt geparkt hatte, begaben sich die beiden zur Tür, welche Melissa kurz darauf mit den Worten: „Erspare mir bitte deine Erklärungsversuche, John!" öffnete und Tom mit einem, „Hi, ich bin Melissa!" die Hand hinhielt.

„Hi, Melissa ich bin Tom. Sorry, dass wir dich hier zu so später Stunde überfallen, aber John sagte, du könntest mir vielleicht helfen?" Dabei zeigte er auf seinen Hinterkopf. Melissa schaute sich die Wunde an und fragte, „Wie ist das passiert?", schüttelte dann aber sofort verneinend den Kopf und meinte, „Ich will es gar nicht wissen."

Doch Tom war der Meinung es ihr doch zu erzählen. „John hat mir das Leben gerettet. Ich wurde im Boston Garden angegriffen."

„Das sehe ich, Tom. Aber ich sagte gerade, dass ich es nicht wissen will! Ich werde dir die Wunde jetzt mit sechs Stichen nähen und dann verschwindet ihr bitte sofort wieder." Melissa lief in die Küche und holte einen Arztkoffer. Es dauerte nicht lang und als sie fertig war, sagte sie nur, „Du solltest aufpassen, Tom, es kann sein, dass du eine Gehirnerschütterung hast. Und jetzt raus hier!" Tom bedankte sich noch kurz und dann verließen beide wie zwei gemaßregelte Schuljungen Melissas Wohnung. Im Auto angekommen schaute Tom John fragend an und meinte: „Und die Frau hast du gehen lassen? Du hast sie doch nicht mehr alle." John schaute nachdenklich auf das lichtdurchflutete Wohnzimmerfenster, in dem sich ein Schatten abzeichnete, und antworte mit mitleidiger Stimme: „Wahrscheinlich hast du recht. Ich bringe dich jetzt in ein Hotel, zu dir nach Hause kannst du nicht mehr. Außerdem gib mir dein Handy hier hast du ein neues, griff in sein Handschuhfach und holte ein Prepaid Handy raus, drückte es Tom in die Hand und ließ sich Toms altes Handy geben."
Danach brachte er ihn ins Hotel.

8

Der Bürgermeister ließ sich diese Frechheit von Tom nicht gefallen, und nachdem er sich etwas beruhigt hatte, rief er Emma Schinke an. Diese lag nichts ahnend im Bademantel gemütlich auf der Couch und schaute Breaking News Today, als das Telefon klingelte. Sie nahm das Telefon und sagte: „Emma Schinke hier und mit wem habe ich das Vergnügen?"

„Ich bin es.", fauchte die andere Stimme ins Telefon.

„Hallo, Herr Bürgermeister, was kann ich für Sie tun?"

„Was Sie für mich tun können, Miss Schinke, das kann ich Ihnen sagen. Als Erstes können Sie mir mal erklären, wie die Fotos entstanden sind, die ich gerade auf meinem Schreibtisch habe?" Emma machte den Fernseher leiser und fragte: „Was für Fotos?"

„Hören Sie auf mit diesen Spielchen, Miss Schinke."

Auf einmal sah sie eine Eilmeldung im Fernsehen und sagte: „Machen Sie den Fernseher an, Herr Bürgermeister. Breaking News Today." Der Reporter stand im Boston Garden und berichtete über eine gefundene Leiche mit Schussverletzungen. Emma machte den Fernseher lauter. Der Reporter berichtete darüber, dass es sich bei der gefundenen Leiche nach ersten Polizeiberichten um Igor Chewchenko, einem kriminellen, der wahrscheinlich Kontakte zur Russenmafia hatte handele.

„Igor!", mehr brachte Emma in dem Moment nicht raus. Was den Bürgermeister als er den Fernseher angemacht hatte, und sah was passiert war, völlig kalt ließ, und stattdessen in s Telefon brüllte: „Miss Schinke, sind Sie noch bei Trost! Hier geht es um wichtigere Dinge als um einen toten Russen!"

Woraufhin Emma die Fassung verlor: „Igor war meine rechte Hand, Sie Idiot. Er hatte den Auftrag, sich um jemanden zu kümmern. Und jetzt ist er tot!"

„Hieß dieser jemand zufällig Tom Nixon und arbeitet als Reporter für den Boston Telegraf?", fragte daraufhin der Bürgermeister mit ruhiger Stimme.

„Ja, wieso?"

„Weil der gerade bei mir war, mich mit Fragen löcherte und einen Umschlag mit besagten Bildern daließ. Ich glaube, der Junge weiß mehr als uns lieb ist, und Sie, Miss Schinke, täten gut daran, sich dieser Sache umgehend anzunehmen."

Emma war über die Art und Weise des Bürgermeisters außer sich vor Wut, doch anstatt erneut loszubrüllen, antwortete sie mit gefasster, aber bestimmender Stimme: „So, Herr Bürgermeister, jetzt hören Sie mir mal gut zu! Sie und ihre Freunde, der Polizeichef und der Oberstaatsanwalt, kassieren jeden Monat anteilig jeder zwanzigtausend Dollar aus meinen Geschäften und müssen nichts aber auch gar nichts dafür tun. Darüber hinaus gestatte ich ihnen und ihren perversen Freunden, ihre sexuellen Neigungen in der Emmerson Street nachzugehen, wann immer es euch beliebt. Und genau deshalb, Herr Bürgermeister, werden Sie mir auch nicht drohen oder mir sagen, was ich zu tun habe. Haben Sie mich verstanden? Und machen Sie sich keine Sorgen, ich werde mich persönlich um Tom Nixon kümmern. Ich wünsche Ihnen noch einen schönen Abend!", und legte auf.

Nachdem sie das Gespräch beendet hatte, starrte Emma auf ihren Fernseher und griff erneut zum Telefon. Kurz darauf meldetet sich eine freundliche Männerstimme: „Hallo, Miss Schinke, was kann ich für Sie tun?" Emma hatte wirklich alle Mühe nicht auszurasten. Sie holte tief Luft und antwortete mit bebender Stimme: „Hallo, Mister Nixon. Ich denke, wir sollten und mal unterhalten."

„Gerne, Miss Schinke. Wann und wo wollen wir uns treffen?" Emma starrte in Gedanken versunken auf den Fernseher und sagte dann: „Heute ist Donnerstag, was halten Sie von Montagabend um zwanzig Uhr in meinem Strandhaus auf Castle Island? Ich schicke Ihnen die Adresse über Messenger." Tom der keine Ahnung hatte, dass dieses Treffen sein Ende bedeuten würde antwortete: „Alles klar, Miss Schinke, dann bis Montagabend." und legte auf, schaute auf, sein Telefon, überlegte kurz und rief seine Freundin Karen an erreichte aber nur ihre Mailbox und hinterließ ihr die Nachricht das sie sich mit Mai Ling in seiner Wohnung in Laguna Beach, wo Mai Ling bereits angekommen war, treffen sollte, um sich mit Mai Ling zu unterhalten und den Datenstick zu übernehmen. Nachdem das erledigt war, legte Tom das Telefon kurz beiseite und überlegte. Auf einmal griff er erneut zum Telefon und rief John an. Dieser saß gerade an seinem Schreibtisch und stocherte in einer fertig Lasagne umher als das Telefon klingelte. Er griff zum Telefon, schaute aufs Display und fragte immer noch gelangweilt in der Lasagne rumstochernd: „Hi, Tom, wie geht es Deinem Kopf?"

Doch Tom ignorierte diese Frage und kam gleich zum Punkt.

„John ich brauche deine Hilfe, Ich benötige einen Platz außerhalb der Stadt, wo ich einen Internetzugang habe und die nächsten Tage ungestört arbeiten kann Außerdem musst du dich um meinen Pickup kümmern." Woraufhin John ihn unterbrach und meinte: „Das mit dem Pickup habe ich schon erledigt. Der steht in einem Langzeitparkhaus in Chinatown. Die Gebühr ist für ein Jahr bezahlt. Dein Handy liegt auch drin. Ich denke, Tomek wird die Sachen von Igor bei der Polizei abholen und sich als Erstes auf die Suche nach Deinem Auto machen. Mit der anderen Sache kann ich Dir auch helfen. Ich kenne da jemanden, der hat genau das Richtige für Dich. Es ist eine kleine Hütte in der Nähe vom Great Brook National Park. Da solltest Du die nächsten Tage ungestört sein. Ich besorge Dir die Schlüssel."

„Okay, John. Aber da wäre noch eine Sache, um die dich bitten muss."

„Und das wäre?"

„Da Du ja nun mein Auto in ein Parkhaus verfrachtet hast, brauche ich einen fahrbaren Untersatz."

„Besorge ich Dir! Komm morgen um zehn in mein Büro, dann bekommst Du alles."

„Alles klar, ich danke Dir.", und legte auf, schaute auf die Uhr und rief Mai Ling an. Diese war völlig aufgelöst. „Tom! Na, endlich meldest Du Dich. Ich dachte schon, die haben Dich erwischt."

„Beruhige Dich, Mai Ling. Wie geht es Dir?"

„Mir geht es gut, Tom. Ich genieße die Sonne Kaliforniens."

„Das hört sich gut an, aber Du musst mir jetzt zuhören. Mai Ling, ich habe Dir in Boston am Flughafen den Stick wieder in deine rechte Jackentasche gesteckt. Hast Du ihn schon gefunden?"

„Nein, als ich in Los Angeles angekommen bin, war es so heiß, dass ich die Jacke sofort ausgezogen habe. Sie hängt seit meiner Ankunft in deiner Wohnung an der Flurgarderobe. Aber warum hast Du mir den Stick wieder gegeben, den brauchst Du doch?"

„Nein, brauche ich nicht. Als Du mir den Stick im Hotel gegeben hast, habe ich mir die Daten auf meinen Laptop geladen. Bitte schau nach, ob der Stick noch in deiner Tasche ist."

„Warte, Tom." Mai Ling legte das Telefon auf den Fernsehtisch und ging in den Flur. Als sie wieder zurückkam, nahm sie das Telefon und sagte: „Ich habe den Stick, Tom was soll ich damit machen?"

„Okay, gut, es wird sich eine Karen Ogan bei Dir melden und sich mit Dir treffen. Sie ist eine gute

Freundin und Reporterin. Du gibst ihr den Datenstick und erzählst ihr von Chaos Tod. Sie wird sich dann um alles kümmern."

„Und was machst Du jetzt, Tom?"

„Ich habe mir eine Unterkunft außerhalb von Boston besorgt und werde von dort aus mit Karen die Sache zu Ende bringen."

„Aber sei vorsichtig, Tom, diese Leute sind unberechenbar."

„Ich weiß! Igor hat bereits versucht, mich umzubringen."

„Er hat was?"

„Mach Dir keine Sorgen, mir geht es gut. John kam mir zu Hilfe. Ich halte Dich auf dem Laufenden, Mai Ling."

„Okay, Tom, aber bitte, pass auf Dich auf."

Nachdem die beiden das Gespräch beendet hatten, rief Karen an. „Hi, Tom, sorry das ich mich erst jetzt bei Dir melde, aber ich hatte wirklich viel zu tun in den letzten Tagen."

„Hi, Karen wie geht es Dir?"

„Danke, gut. Ich habe mir Deine Nachricht angehört, lass, Mal hören."

„Ich habe da etwas, das könnte Dich interessieren. Ein Skandal im Bostoner Rathaus."

„Ein Skandal sagst Du? Wie sicher sind Deine Informationen, Tom?"

„Seit wann interessiert Dich, wie sicher Informationen sind, Karen?"

„Das kann ich Dir sagen Tom. Seit ich die neue Eigentümerin bin!"

„Du bist was?", unterbrach Tom.

„Ja, richtig gehört, Tom, das ist auch der Grund, warum ich die letzten Tage so beschäftigt war. Und wenn wir es richtig krachen lassen wollen, muss ich sicher sein, dass mir niemand ans Bein pinkeln kann."

„Okay, verstehe. Kein Problem! Höre zu, Karen, da ist ein Mädchen, sie heißt Mai Ling, sie ist in meiner Wohnung. Du musst Dich dort mit ihr treffen. Sie hat einen Datenstick mit allen Informationen. Es geht um Mord, Sex, Erpressung und Veruntreuung von Fördergeldern. Alle hängen mit drin: der Bürgermeister, der Polizeichef, sogar der Oberstaatsanwalt."

„Tom, was Du da sagst, könnte das komplette Bostoner Rathaus zum Einsturz bringen. Ich werde mich gleich morgen mit der Kleinen treffen und melde mich danach sofort bei Dir."

„Okay."

„Ach, Tom, es wäre vielleicht besser, wenn Du auch die Stadt verlässt."

„Keine Sorge, Karen, ich bin gerade dabei."

160

„Gut, denn ich glaube, diese Leute werden alles tun, um die Sache zu vertuschen."

Nachdem die beiden das Gespräch beendet hatten, legte Tom das Telefon auf den Tisch und schaute erneut auf die Uhr. Mittlerweile war es bereits vier Uhr morgens. Er legte sich auf die Couch, starrte an die Decke und schlief ein. Kurz vor neun tauchte Karen Ogan am nächsten Morgen bereits an Toms Strandhaus auf. Das Kleine im toskanischen Stil gebaute Haus lag versteckt hinter ein paar riesigen Bambuspflanzen und Agaven. Ein schmaler aus Felsstein gepflasterter Weg führte ums Haus herum an einem Pool vorbei, direkt zu einer, aus massivem Eichenholz gefertigten Eingangstür. Karen drückte mehrmals auf den Klingelknopf und wartete.

Auf einmal hörte sie Schritte hinter sich und das Spannen eines Hahnes, doch als sie sich umdrehen wollte, sagte eine Stimme: „Nicht bewegen. Wer sind sie und was wollen sie hier?" Karen hob daraufhin beide Hände und sagte, „Du musst Mai Ling sein?"

„Wer sind Sie und was wollen Sie hier, habe ich gefragt?"

„Ich bin Karen Ogan, Tom hat mich zu dir geschickt. Aber ich denke das weißt du bereits, er sagt das Du einen Datenstick und Informationen für mich hast." Mai Ling schaute Karen prüfend an und fragte, „Können Sie sich ausweisen?"

„Natürlich!" Karen drehte sich langsam um nahm dabei ihre rechte Hand runter holte vorsichtig ihren Führerschein aus der linken Jacketttasche hielt ihn Mai Ling hin und fragte: „Zufrieden?", woraufhin Mai Ling die Waffe senkte und zufrieden und entspannt sagte: „Setzen wir uns doch an den Pool. Das Wetter ist so herrlich. Möchten Sie etwas trinken Karen eine Limo vielleicht?"

Karen schaute Mai Ling mit hochgezogenen Augenbrauen an und meinte nur: „Limo? Schätzchen, da heute noch keiner eine Waffe auf mich gerichtet hat, würde ich jetzt gerne einen Scotch nehmen."

„Mit Eis?"

„Ja, bitte."

Nachdem Mai Ling den Scotch geholt hatte, setzte sie sich zu Karen gab ihr den Stick und fing an zu erzählen. Karen holte währenddessen ihren Laptop aus der Tasche und schaute sich die Informationen auf dem Stick an.

9

Im Bostoner Rathaus war man unterdessen auch nicht untätig. Es mussten Köpfe rollen. Man brauchte ein Bauernopfer, auf das man alles abwälzen konnte. Morrison war gerade in seinem Büro angekommen, da klingelte bereits das Telefon.

„Jim Morrison hier. Was kann ich für Sie tun?" Am anderen Ende meldete sich der Bürgermeister mit den Worten: „Kommen Sie sofort in mein Büro, Morrison, und bringen sie die Akte Emmerson Street mit." Morrison, der natürlich sofort wusste, dass etwas im Busch war, gönnte sich eine kurze gedankliche Pause und antwortete dann: „Ich muss die Akte erst aus dem Archiv holen, Herr Bürgermeister. Aber ich mache mich sofort auf den Weg.", legte er auf und wählte eine neue Nummer, wo sich am anderen Ende Nicole mit einem freundlichen: „Was kann ich für Sie tun, Mister Morrison?", meldete.

„Hi Nicole, ich brauche sofort die Akte Emmerson Street aus dem Archiv und bringen sie diese in mein Büro."

„Alles klar, Mister Morrison, ich hole sie Ihnen sofort." Morrison saß grübelnd am Schreibtisch, als kurz darauf die Tür aufging und Nicole lächelnd mit der Akte auftauchte. „Hier, Mister Morrison, wie gewünscht die Akte." Sie legte die Akte auf den Schreibtisch und verschwand wieder. Morrison nahm die Akte, öffnete sie und blätterte durch die losen Seiten. Er nahm die Akte und machte sich auf den Weg zum Bürgermeister. In dessen Büro angekommen fragte er: „Guten Tag Herr Bürgermeister, was gibt es denn so dringendes?"

„Das kann ich ihnen sagen, wir haben ein Problem, Morrison.", antwortete dieser ohne lange Vorreden.

„Was für ein Problem?", fragte Morrison stirnrunzelnd.

„Emmerson Street Nummer sieben ist unser Problem. Vor ein paar Tagen war ein Reporter hier und hat mir ein paar Fragen gestellt. Und was glauben Sie, was er mir noch erzählt hat?"

„Keine Ahnung."

„Ach wirklich, Morrison." Der Bürgermeister musterte Morrison prüfend und fuhr mit ernster Miene und schroffen Ton fort: „Passen Sie auf,

Morrison. Ich weiß, was Sie und Nicols gemacht haben. Ich weiß auch, dass Sie und Nicols des Öfteren im White Dragon waren und ich weiß mittlerweile auch, dass Emma Schinke Sie mit den Aufnahmen erpresst hat, um das Grundstück in der Emmerson Street Nummer sieben zu kaufen. Was hat sie eigentlich dafür bezahlt?" Morrison setzte sich, schlug das linke über das rechte Bein und antwortete ruhig und gelassen: „Außer den Schmiergeldern nichts."

„Nichts?"

„Ja, Herr Bürgermeister. Sie hat nichts dafür bezahlt." Es folgte eine kurze Stille, doch auf einmal fing der Bürgermeister laut an zu lachen, nahm, währenddessen die Akte, blätterte in den losen Seiten, hörte abrupt auf zu lachen bekam einen finsteren und bösartigen Gesichtsausdruck und fragte, „Morrison, sind Sie mit dem Begriff Bauernopfer vertraut?"

„Ja, Sie brauchen einen Sündenbock."

„Richtig, Morrison! Denn ich gedenke noch mindestens vier weitere Jahre das Amt des Bürgermeisters der Stadt Boston auszuüben. Ich sage Ihnen auch, warum. Zum einen ist es ein sehr gut bezahlter Job und zum anderen hat man mit sehr vielen einflussreichen Leuten zu tun." Morrisons Gesichtszüge versteinerten sich daraufhin und er antwortete, „Gut,

165

Herr Bürgermeister, dann hören Sie mir jetzt mal gut zu. Ich gedenke ebenfalls, meinen einträglichen Job zu behalten. Und es ist mir scheißegal, ob der Polizeichef oder der Oberstaatsanwalt zu ihrem Freundeskreis gehört. Ich weiß, dass Sie drei seit der Eröffnung des Bordells in der Emmerson Street gemeinsame Sache mit Emma Schinke machen. Wenn Sie also versuchen, mich zu opfern, dann können Sie schon jetzt davon ausgehen, dass Sie das ihr politisches Amt kosten wird."

Der Bürgermeister lehnte sich daraufhin in seinen Sessel, hob seine Mundwinkel zu einem Lächeln und sagte: „Morrison, warum so feindselig? Keiner hat davon gesprochen, Sie zu opfern. Aber ich denke, wir beide sind,

Uns darüber einig, dass jemand geopfert werden muss."

Nun war es Morrison der sich wohl eher aus Erleichterung, als aus Bequemlichkeit zurücklehnte, nun das linke über das rechte Bein schlug, kurz seine Hose zurechtzupfte und erwiderte: „Ja, natürlich, Herr Bürgermeister, und ich weiß auch schon wer und wie." Woraufhin der Bürgermeister zwei Gläser und eine Flasche Whiskey aus seinem Schreibtisch holte, die Gläser füllte, Morrison eins der Gläser reichte, ihm zuprostete und süffisant grinsend entgegnete: „Na dann lassen Sie mal hören, Morrison."

Und so erzählte Morrison dem Bürgermeister, was er vorhatte.

In Kalifornien berichtete Mai Ling unterdessen Karen ausführlich über Chaos Tod, die Videoaufnahmen und die damit verbundenen Verstrickungen im Rathaus. Als Mai Ling damit fertig war, meinte Karen: „Okay, Mai Ling, ich mache mich jetzt wieder auf den Weg, und werde die Sachen unserer Rechtsabteilung vorlegen.", nahm Mai Lings Hand und meinte, „Wir werden sie alle zu Fall bringen." Mai Ling nickte daraufhin zustimmend und entgegnete: „Vielen Dank Miss Ogan."

„Karen, ich heiße Karen."

„Okay, Karen."

Danach verließ Karen das Haus und fuhr zurück zum Sender. Währenddessen versuchte sie Tom anzurufen, erreichte aber nur seine Mailbox und hinterließ folgenden Text: „Hallo Tom, ich habe gerade mit Mai Ling gesprochen. Ich lasse jetzt alles von unserer Rechtsabteilung prüfen und melde mich dann wieder bei Dir."

Tom hatte sich zwischenzeitlich mit John getroffen und war nun auf dem Weg zu seiner neuen Unterkunft. Emma Schinke war natürlich auch nicht untätig und nachdem sie beim Boston Telegraf angerufen hatte, um sich mit Tom Nixon verbinden zu lassen, wurde ihr mitgeteilt, dass es keinen Mitarbeiter mit diesem Namen gibt. Mit dieser neuen Erkenntnis rief sie im Anschluss den Bürgermeister an.

„Bürgermeister ich habe gerade beim Boston Telegraf angerufen, dort sagte man mir, dass es keinen Tom Nixon gibt, was mich ehrlich gesagt nicht überraschte. Aber machen Sie sich keine Sorgen, ich weiß, wer er ist, und habe mich bereits mit ihm verabredet."

„Woher wissen Sie, wer er ist?", fragte der Bürgermeister irritiert.

„Das muss Sie nicht interessieren, ich kann Ihnen aber versichern, dass ich mich selbst um das Problem Tom Nixon kümmern werde. Wie kommen Sie eigentlich mit Morrison voran?"

„Sehr gut. Wir sind uns darüber einig geworden, dass wir ein Bauernopfer benötigen, auf das wir alles abwälzen können. Nun hatte Morrison die Idee, zwei daraus zu machen. Dafür benötige ich allerdings die zwei kleinen asiatischen Callboys, die Sie schon zu ihrer Eröffnungsparty zur Verfügung gestellt hatten."

„Wann benötigen Sie die beiden?"

„Heute Abend im Drive Inn."

„Heute Abend?"

„Ja, heute Abend! Wieso, ist das ein Problem?"

„Nein!"

„Okay! Morrison wird am Personaleingang auf Sie warten und die zwei in Empfang nehmen. Außerdem benötigt er noch ein halbes Kilo Kokain. Kriegen Sie das hin, Miss Schinke?"

„Ja selbstverständlich, Bürgermeister." Nachdem die beiden das Gespräch beendet hatten, rief Emma Schinke sofort Tomek an: „Tomek, Du musst etwas für mich erledigen." Im Anschluss erzählte sie ihm, was er zu tun hatte und nachdem das erledigt war, nahm sie sich einen Whiskey setzte sich auf den Balkon ihrer Wohnung in Down Town, schaute sich dabei das rotgelbe Farbenspiel der untergehenden Sonne an, hob das Glas und sagte süffisant grinsend: „Auf dich Emma."

Tom war unterdessen auch nicht untätig gewesen. Nachdem er seine Mailbox abgehört hatte, rief er Karen zurück und besprach mit ihr alle Einzelheiten. Was die zwei allerdings nicht wussten, war, dass der Bürgermeister und Morrison schon ihre Opfer auserkoren hatten.

Der Parkplatz des Drive Inn war stockfinster, als ein Wagen die Auffahrt hochfuhr und am Personaleingang hielt, wo Morrison bereits wie verabredet wartete. Er nahm die zwei Jungen in Empfang und brachte sie aufs Zimmer, wo wenig später Marie

Urban angetrunken auftauchte. Als sie die beiden am Tisch sitzen sah, ging sie zu ihnen, streichelte ihnen durchs Haar und fragte: „Na, ihr zwei Süßen? Erinnert ihr Euch noch an mich?" Sie steckte ihren Finger in das Kokain, was Morrison auf dem Tisch platziert hatte, und leckte sich genüsslich den Finger ab. Danach ging sie rüber zum Bett, zog sich den Rock hoch, spreizte ihre Beine und sagte: „Kommt her, ihr zwei, und lasst uns Spaß haben.", was die zwei unter Drogen stehenden Jungen dann auch machten. Marie Urban ließ sich nach hinten aufs Bett fallen und fing an zu stöhnen, als auf einmal die Tür aufflog und mehrere Polizisten das Zimmer stürmten. Erschrocken sprang sie auf, zog ihren Rock runter und fragte: „Was, was soll das? Was erlauben Sie sich?"

Eine Polizistin, die auch die Leiterin des Einsatzes war, ging auf sie zu, packte sie am Arm, drehte sie mit dem Gesicht nach unten aufs Bett und legte ihr mit den Worten: „Marie Urban, ich verhafte Sie wegen des Verdachts der Kinderprostitution und dem Besitz von Kokain. Sie haben das Recht, die Aussage zu verweigern. Alles, was Sie sagen, kann und wird vor Gericht gegen Sie verwendet werden. Sie haben das Recht auf einen Anwalt. Sollten Sie sich keinen Anwalt leisten können, so wird Ihnen einer gestellt! Haben Sie ihre Rechte verstanden, Miss Urban?"

Marie, die unter Drogen stand, winselte nur: „Warum? Was habe ich denn getan?" Die Einsatzleiterin übergab sie an einen Kollegen und sagte angewidert: „Bringt sie weg, bevor ich vergesse, dass ich Polizistin bin." Danach kümmerte man sich um die zwei Jungen, die immer noch völlig ängstlich vor dem Bett knieten und übergab sie der Fürsorge.

Am darauffolgenden Morgen stand Tom Nicols nichts ahnend Kaffee trinkend im Wohnzimmer und schaute Breaking News! Als ihn auf einmal die Eilmeldung, Sex- und Korruptionsskandal im Bostoner Rathaus aufhorchen ließ. Eine Reporterin stand Seite an Seite mit dem Bürgermeister und fragte diesen: „Herr Bürgermeister was sagen sie zu den Informationen das gestern Abend eine Mitarbeiterin der Stadtverwaltung in einem Hotel unter dem Verdacht der Kinderprostitution und Drogenbesitz festgenommen wurde und zu den Anschuldigungen das Bürgermeisterkandidat Tom Nicols im dringenden Tatverdacht steht, Fördergelder veruntreut und Schmiergelder angenommen zu haben und auch er sich des Missbrauchs von minderjährigen Mädchen und Jungen in einem Bordell in Chinatown schuldig gemacht haben soll?" der Bürgermeister schaute daraufhin direkt in die Kamera und antwortete: „Es ist wahrlich ein

Skandal, doch ich verspreche den Bürgern der Stadt Boston das ich ich persönlich um die Aufklärung kümmern werde."

Als Tom Nicols die gegen Ihn erhobenen Vorwürfe hörte, ließ er vor Schreck seine Kaffeetasse fallen und meinte: „Morrison Du verfluchtes Dreckschwein!" Seine Frau, die zwischenzeitlich ebenfalls ins Wohnzimmer kam, stand nun hinter ihm und fragte: „Ist das wahr Tom, Du hast Dich an minderjährigen Mädchen und Jungen vergangen?"

Nicols drehte sich zu seiner Frau um, schaute sie an und antwortete: „Es tut mir leid!", ging in sein Arbeitszimmer, setzte sich an seinen Schreibtisch, holte eine Pistole aus der Schublade, schaute auf das Familienfoto, steckte sich die Pistole in den Mund und drückte ab.

Emma Schinke hatte die Eilmeldung ebenfalls verfolgt, schüttelte nur den Kopf und griff zum Telefon, wo sich am anderen Ende der Bürgermeister meldete.

„Guten Morgen, Miss Schinke, was kann ich denn für sie tun?"

„Herr Bürgermeister, ich habe mir gerade ihren Auftritt im Fernsehen angeschaut. Ich denke, wir sollten uns mit Morrison in meinem Strandhaus auf Castle Island treffen und bei einem Glas Whisky besprechen, wie wir das andere Problem beseitigen können."

„Aber Sie sagten doch, dass Sie sich selbst darum kümmern!"

„Ja, das sagte ich, aber ich habe da eine Idee und dafür bräuchte ich ihre Hilfe. Ich möchte das ganze aber nicht am Telefon besprechen."

„Kein Problem, Miss Schinke! Sie wissen doch, eine Hand wäscht die andere. Wie passt es Ihnen heute Abend?"

„Heute Abend? Hervorragend! Dann würde ich sagen, wir sehen uns um acht in meinem Strandhaus."

„Alles klar, Emma, so machen wir das."

Tom hatte in der Zwischenzeit auch von der öffentlichen Denunzierung erfahren und rief seinen Freund John an. „Hi, John, hast Du schon mitbekommen, was passiert ist?"

„Ja, habe ich. Aber das Beste kommt noch, wie ich gerade von einer befreundeten Reporterin erfahren habe, hat sich Nicols wegen der Vorwürfe erschossen."

„Ist das Dein Ernst?"

„Schalt einfach den Fernseher an, Tom. Es läuft gerade auf allen Sendern!"

Tom schaltete den Fernseher ein und sah die Eilmeldung: „Bürgermeisterkandidat erschießt sich nach Korruptions- und Sexskandal-Enthüllung", während

Tom auf den Fernseher starrte, fragte John auf einmal, „Glaubst Du, der Bürgermeister hat etwas damit zu tun?"

„Mit Sicherheit haben er und Morrison etwas damit zu tun. Ich rufe jetzt Karen an und bespreche mit ihr unsere weitere Vorgehensweise."

„Alles klar, Tom."

10

Es wurde bereits dunkel, als Morrison und der Bürgermeister mit dem Taxi am Strandhaus von Emma Schinke ankamen. Als die beiden das Strandhaus betraten, wurden sie sofort mit einem: „Guten Abend, meine Herren, legen Sie ab und machen Sie es sich am Kamin bequem. Ich werde uns einen Whisky holen." von Emma empfangen.

Die beiden Herren legten ihre Mäntel auf der Couch ab und machten es sich in zwei altertümlichen Ledersesseln vor dem Kamin gemütlich. „Was halten Sie von einer Zigarre zum Whisky, Herr Bürgermeister?", fragte Morrison und holte zwei kubanische Zigarren aus der Innentasche seines Jacketts.

Im selben Moment tauchte Emma Schinke wieder auf. „Perfektes Timing, Miss Schinke. Mister Morrison hat mir gerade eine Zigarre zum Whisky angeboten."

Doch anstatt den Herren wie versprochen einen Whisky zu servieren, nahm Emma ihre Beretta vom Tablett und schoss dem Bürgermeister zwei Kugeln in die Brust. Morrison, der im ersten Moment wie versteinert auf die Waffe starrte, sprang nun auf und versuchte, Emma diese aus der Hand zu reißen. Doch Emma wich ihm kurzerhand zur Seite aus, was dazu führte, dass er das Gleichgewicht verlor und vor ihr auf die Knie viel. Winselnd wie ein Hund bettelte, er: „Bitte, bitte nicht! Sie haben doch bekommen, was Sie wollten!" Emma schaute ihn nur grinsend an und sagte: „Das stimmt Morrison! Aber ich denke, dass Sie verstehen werden, dass ich alle Verbindungen kappen muss.", und beförderte Morrison mit einem gezielten Kopfschuss ins Jenseits.

Anschließend ging sie in die Küche und versuchte den Gasanschluss zu kappen. Dieser saß allerdings so fest, dass sie den Griff ihrer Pistole als Hammer benutzen musste, wobei sie nichtsahnend Spuren am Griff ihrer Beretta und am Gasanschluss hinterließ. Nachdem der Anschluss nachgab und das Gas in den Raum strömte, verließ Emma Schinke sofort das Haus, setzte sich ins Auto und verschwand.

Nach zirka fünfhundert Metern hörte sie auf einmal einen Knall, schaute in den Rückspiegel und sah, wie sich ein riesiger Feuerball in Richtung Himmel erhob. Die Explosion war natürlich nicht zu überhören und führte dazu, dass die umliegende Nachbarschaft sofort die Feuerwehr alarmierte.

Diese begann nach ihrer Ankunft sofort mit den Löscharbeiten und anschließend in dem bis auf die Grundmauern runter gebrannten Haus mit der Suche nach der Ursache. Doch als der Feuerwehrmann Mc Murry das Haus betrat und zwei verkohlte Leichen vor dem Kamin fand, rief er den vor dem Haus stehenden Streifenpolizisten, der dafür sorgte, Gaffer hinter der Absperrung zu halten, zu: „Officer, Sie sollten sich das hier mal anschauen." Als der herbeigerufene Officer die beiden Leichen sah, griff er sofort zu seinem Funkgerät und sagte: „Officer John Mc Client hier, ich befinde mich gerade auf Castle Island bei der Gasexplosion. Ich benötige hier Verstärkung, da wir es hier wahrscheinlich mit einem 187 er zu tun haben könnten."

„Zentrale hier! Alles klar, wir schicken Ihnen sofort zwei Leute vom Morddezernat." Die Sensationspresse hatte in der Zwischenzeit ebenfalls Wind von der Sache bekommen und war bereits vor Ort, als die beiden Polizisten, Deputy Miller und Lieutenant Jackson von der Mordkommission auftauchten. Nachdem die beiden das Haus betreten hatten, wurden sie sofort von Feuerwehrmann Mc Murry mit den

Worten: „Lieutenant, können Sie mal kommen, ich glaube, ich habe die Ursache der Gasexplosion gefunden" in die Küche gerufen.

Als Lieutenant Jackson kurz darauf in der Küche erschien, zeigte Mc Murry auf den Gasanschluss und meinte: „Sehen Sie die Kerben hier? Da hat jemand mit Gewalt den Anschluss gekappt." Jackson schaute sich den Anschluss genauer an und antwortete: „Hier hat also jemand versucht, zwei Morde mit einer Gasexplosion zu vertuschen.", drehte sich zu seinem Kollegen, der gerade im Wohnzimmer mit der Spurensicherung beschäftigt war, und fragte: „Miller, haben sie schon etwas gefunden, wissen wir schon, wer die beiden sind?"

„Ja Lieutenant, in der Tat. Ich habe in einem der verkohlten Mäntel gerade einen Führerschein gefunden."

„Und, Miller?"

„Bei einem der beiden handelt es sich scheinbar um den Bürgermeister Stefano Zampaniony."

„Was?"

„Und außerdem sieht es so aus, als wären beide erschossen worden."

Ein Reporter, der sich unbemerkt an der Absperrung vor- bei gemogelt hatte und nun im Raum stand, fragte sofort: „Habe ich das gerade richtig verstanden,

Lieutenant? Bürgermeister Zampaniony ist erschossen worden?" Jackson war völlig außer sich und schrie: „Miller, schmeißen Sie diesen Schreiberling hier raus und dann schaffen Sie die Leichen sofort in die Gerichtsmedizin. Außerdem will ich wissen, wem dieses Haus gehört!"

Miller beförderte den Reporter wieder vor die Tür, ging zurück ins Haus und antwortete: „Es gehört wohl einer Emma Schinke."

„Und wo ist Miss Schinke jetzt?"

„Sie hat ein Apartment in der Downtown."

Jackson überlegte kurz schaute noch einmal auf den Tatort und sagte dann: „Okay, Miller, dann statten wir Miss Schinke jetzt mal einen Besuch ab."

Dadurch, dass die Presse nun wusste, dass es sich bei einem der Toten um Bürgermeister Stefano Zampaniony handelte, gab es natürlich sofort wieder eine Eilmeldung auf Breaking News. Tom saß zu diesem Zeitpunkt nichts ahnend vor dem Fernseher und besprach gerade telefonisch mit Karen die Einzelheiten ihrer weiteren Vorgehensweise zum Enthüllungskandal-. Doch als er die Eilmeldung sah, sagte er, „Karen, wir haben ein Problem, mach den Fernseher an, auf Breaking News läuft gerade eine Eilmeldung."

„Warum, was ist passiert?", fragte diese darauf etwas irritiert.

„Sie bringen es gerade im Fernsehen. Der Bürgermeister ist tot und ich glaube, dass Emma Schinke ihn umgebracht hat."

„Wie kommst du darauf Tom, dass sie es war?"

„Bei einer Gasexplosion in einem Haus auf Castle Island wurden zwei Leichen gefunden. Wobei es sich bei einer um den ..."

Doch dann wurde er von Karen unterbrochen: „Ja, ich sehe die Eilmeldung. Aber wie kommst du darauf, dass sie etwas damit zu tun hat?"

„Weil sie mich angerufen hat, um mit mir etwas in ihrem Strandhaus auf Castle Island zu besprechen. Ich denke das sie versuchen wird mir die Sache in die Schuhe zu schieben."

„Da kannst du ja froh sein, Tom, dass du ihrer Einladung nicht gefolgt bist. Und was machen wir jetzt?" Tom überlegte kurz und sagte dann: „Wir machen genauso weiter wie besprochen. Ich schreibe jetzt meinen Artikel weiter wenn ich fertig bin, lässt du Ihn von deiner Rechtsabteilung prüfen und dann hauen wir ihn raus."

„Gut Tom so machen wir das. Pass auf dich auf." Nach dem die beiden das Gespräch beendet hatten, setzte sich Tom wieder an seinen Laptop und fing an zu schreiben.

Zur gleichen Zeit es war bereits nach Mitternacht klingelten Lieutenant Jackson und Deputy Miller bei Emma Schinke an der Tür. Emma die genau wusste, wer sie zu so später Stunde noch stören würde, ging zur Tür, machte sich im Flur vor dem Spiegel noch einmal kurz die Haare zu recht, öffnete die Tür und begrüßte die beiden mit einem unfreundlichen: „Wissen sie wie spät es ist?"

Lieutenant Jackson der derartige Begrüßungen gewöhnt war erwiderte daraufhin selbstbewusst: „Guten Abend, Miss Schinke. Ich bin Lieutenant Jackson und das ist Deputy Miller. Wier stören sie nur ungerne aber in ihrem Strandhaus hat es eine Gasexplosion gegeben. Wissen Sie etwas darüber?"

Emma glaubte natürlich alles im Griff zu haben und antwortete deshalb überheblich: „Ja natürlich es läuft ja bereits im Fernsehen und ich gehe mal davon aus das sie glauben das ich damit was zu tun habe. Ich war den ganzen Abend hier!"

„Kann das jemand bestätigen? Das Problem ist nämlich, dass dort auch zwei Leichen gefunden worden sind." Erwiderte Jackson daraufhin. Emma wusste genau, was sie tat und antwortete: „Das ist zwar traurig, Lieutenant, wie war doch gleich ihr Name, aber …" Doch bevor Jackson antworten konnte, klingelte auf einmal sein Telefon.

„Ja, Jackson hier, mmh, ja, verstehe, danke für die Information." Nachdem er sein Telefon wieder weggesteckt hatte, schaute er Emma an und meinte: „Mein Name ist Jackson, Miss Schinke. Das war im Übrigen gerade die Gerichtsmedizin. Die nun bestätigt, dass es sich bei den Leichen in ihrem Strandhaus um den Bürgermeister Stefano Zampaniony und einen Mitarbeiter der Stadtverwaltung namens Morrison handelt. Kennen Sie die beiden?" Emma lehnte sich an den Türrahmen verschränkte die Arme vor ihren Körper und antwortete schmunzelnd: „Natürlich kenne ich den Bürgermeister, Lieutenant, was für eine Frage. Und mit Morrison hatte ich während eines Immobilienkaufes von der Stadt zu tun, aber kennen würde ich das nicht nennen. Warum?"

„Na ja, wissen Sie, Miss Schinke, ein weiteres Problem ist, dass die Gerichtsmedizin mich gerade darüber informiert hat, dass die beiden mit einer Waffe Kaliber neun Millimeter erschossen worden sind. Und wie ich bereits überprüft habe, besitzen Sie ebenfalls eine Beretta neun Millimeter. Das ist doch richtig, oder?"

„Ja, aber die Waffe ist mir gestohlen worden."

„Wann haben Sie den Diebstahl denn bemerkt? Und haben Sie ihn bei der Polizei angezeigt?"

„Gestern ist es mir aufgefallen und nein, habe ich noch nicht, Lieutenant, das werde ich aber morgen früh sofort erledigen. Wer kann denn auch ahnen, dass einen Tag später jemand mit meiner Waffe erschossen wird."

Jackson schaute Emma bewusst in die Augen und antwortete darauf: „Ich habe nicht gesagt, dass die beiden mit ihrer Waffe erschossen worden sind, Miss Schinke."

„Doch, Lieutenant, indirekt haben Sie das. Das Problem ist nur, dass Sie das erst beweisen müssen. Aber wissen sie was Lieutenant Jackson, vielleicht fragen sie mal Tom Nixon, ob er etwas darüber weiß. Er und der Bürgermeister hatten wohl eine, wie soll ich sagen, kleine Meinungsverschiedenheit. Und wenn Sie keine weiteren Fragen mehr an mich haben, dann würde ich Sie jetzt bitten, zu gehen."

Jackson holte daraufhin einen kleinen Block und einen Stift raus und sagte: „Wo kann ich den diesen Tom Nixon Miss Schinke?"

„Er hat ein Apartment in der Emmerson Street Nummer sieben. War es das jetzt. Ich würde jetzt wirklich gerne ins Bett gehen."

Jackson steckte Block und Stift wieder ein und sagte: „Fürs erste haben wir keine weiteren Fragen an sie Miss Schicke, aber ich möchte sie bitten die Stadt in den nächsten Tagen nicht zu verlassen."

Im Anschluss machten sich Jackson und Miller wieder auf den Weg zum Wagen. Unterwegs sagte Miller: „Von wegen gestohlen! Die Alte lügt doch wie gedruckt."

„Ja, ich weiß Miller, aber ohne die Waffe wird es schwer sein, ihr die Morde nachzuweisen. Wir brauchen die Waffe."

„Und warum nehmen wir sie nicht einfach unter Mordverdacht fest, nehmen ihr auf dem Revier die Fingerabdrücke ab und untersuchen sie auf Schmauchspuren?"

„Ganz einfach, Miller, weil diese Frau eiskalt ist und nichts dem Zufall überlässt. Die hat garantiert Handschuhe benutzt und ihre Klamotten entsorgt. Hast du nicht gesehen, wie süffisant grinsend sie im Bademantel vor uns umher getanzt ist, als sie sagte, das Problem ist nur, dass Sie das erst beweisen müssen. Glaub mir, die weiß, was sie macht. Wir fahren jetzt erst einmal zurück ins Büro."

Emma wusste das sie die Waffe loswerden musste und so fuhr sie am nächsten Morgen in die Emmerson Street Nummer sieben, und versteckte dort die Waffe und ein Päckchen Kokain in Toms Wohnung. Was sie nicht wusste, war, dass Mai Ling nach Toms Einzug und ihrem ersten gemeinsamen Abend, an dem Tom ihr die Gründe für sein Auftauchen geschildert hatte, erneut eine Kamera in Toms Apartment installiert hatte. Als Emma das Kokain und die Waffe versteckt hatte, rief sie Tom an. Nichtsahnend das er in kürze zum Hauptverdächtigen werden würde, meldete sich dieser mit einem freundlichen: „Hallo Miss Schinke wie kann ich Ihnen helfen."

„Hallo, Mister Nixon, ich weiß nicht, ob sie es schon gehört haben, aber in meinem Strandhaus hat es eine Gasexplosion gegeben. Ich würde deshalb vorschlagen, dass wir uns in ihrer Wohnung treffen. wie passt es Ihnen in einer halben Stunde?"

„Das passt mir sehr gut."

„Dann sehen wir uns in einer halben Stunde in ihrer Wohnung."

„Alles klar, Miss Schinke." Nachdem die beiden das Gespräch beendet hatten, wählte Emma Schinke erneut eine Nummer. Tom informierte sofort John über den Anruf von Emma und obwohl dieser versuchte es ihm auszureden, machte sich Tom auf den Weg zur Wohnung.

11

Nichtsahnend holte Tom den Schlüssel unter der Fußmatte hervor, öffnete die Tür, ging ins Schlafzimmer, holte seine Reisetasche vom Schrank und fing an, ein paar Sachen einzupacken.

Als auf einmal die Polizisten Jackson und Miller hinter ihm auftauchten und Jackson meinte: „Wollen Sie verreisen, Mister Nixon?" Tom drehte sich erschrocken um und fragte: „Wer sind sie und was haben sie in meiner Wohnung zu suchen?" Jackson holte daraufhin seine Polizeimarke raus und antwortete: „Mein Name ist Jackson, das ist Miller. Wir sind von der Mordkommission Boston und erhielten einen anonymen Hinweis zu dem Mord am Bürgermeister Stefano Zampaniony, in dem uns mitgeteilt wurde, dass Sie eine kleine Auseinandersetzung mit dem Bürgermeister in seinem Büro hatten."

„Sie bekamen einen anonymen Anruf?", unterbrach ihn Tom und fuhr fort, wollen Sie mich verarschen? Ja, ich hatte einen Termin beim Bürgermeister. Dabei ging es allerdings um Recherche zu einem Sex und Korruptions-, Skandal, in dem Mitarbeiter der Stadtverwaltung involviert sind. Mein Freund Chao Ling hatte mir diesbezüglich Material geschickt. Doch als ich ihn anrufen wollte, um mit ihm darüber zu reden, konnte ich ihn nicht mehr erreichen. Also habe ich mich in LA in den Flieger gesetzt, um ihn zu suchen."

Jackson schaute Tom nach dessen Ausführungen einen Moment prüfend an und fragte: „Und, haben Sie ihren Freund in der Zwischenzeit gefunden?"

„Nein, allerdings", doch bevor Tom seinen Satz zu Ende bringen konnte, wurde er durch das Erscheinen eines Streifenpolizisten unterbrochen. Dieser kam mit den Worten: „Lieutenant Jackson, ich habe etwas gefunden!" ins Schlafzimmer. In der einen Hand hielt er eine Waffe und in der anderen ein großes Päckchen mit Kokain. Jackson drehte sich zu Tom um und sagte: „Tom Nixon, ich verhafte Sie unter dem dringenden Tatverdacht, den Bürgermeister, Stefano Zampaniony ermordet zu haben!" und während Miller Tom die Handschellen anlegte, meinte Tom: „Sir Sie machen einen Fehler! Ich wette, der anonyme Anruf kam von einer Frau, richtig?"

Jackson schaut Tom schulterzuckend an und antwortete: „Das weiß ich nicht, da ich ihn nicht persönlich entgegengenommen habe. Aber das tut auch nichts zur Sache, da sie im Besitz der Mordwaffe sind:" Doch Tom ließ nicht locker, und so erwiderte er darauf: „Doch, das tut es, denn bei der Frau handelt es sich um Emma Schinke, sie ist die Drahtzieherin des Ganzen. Kommen Sie mit in den Keller Jackson, ich will Ihnen etwas zeigen."

Jackson der erfahren genug war, um zu wissen, dass Emma ihn mit Tom auf eine falsche Fährte gelockt hat, ließ sich darauf ein und so machten sie sich auf den Weg in den Keller. Dort angekommen fragte Miller: „Was wollen wir hier?" Tom zeigte auf den Fußboden und sagte: „Hier unten hat Emma Schinke die Leiche von meinem Freund Chao entsorgt."

Woraufhin Jackson zu Miller meinte: „Worauf warten sie, Miller? Besorgen Sie uns ein Georadar." Als wenig später zwei Mitarbeiter mit entsprechenden Geräten ankamen und einer der beiden kurz darauf meinte: „Er sagt wahrscheinlich die Wahrheit, im Beton könnte sich eine Leiche befinden", sah sich Jackson dazu veranlasst, den Fußboden aufzubrechen, wobei man kurz darauf in einer Plane eingerollt die sterblichen Überreste einer männlichen Person fand. Tom war zwischenzeitlich aufs Revier gebracht

189

worden, wo er nun von Lieutenant Jackson zu dem Leichenfund befragt wurde.

„Tom, woher wussten Sie von der Leiche und woher kennen Sie Emma Schinke?"

„Das kann ich Ihnen sagen. Wo sich die Leiche befindet, hat mir die Nichte des Opfers gesagt. Ihr Name ist Mai Ling. Und auf der Suche nach einer Wohnung traf ich auf Miss Schinke. Sie bot mir dann die Dachgeschosswohnung in der Emmerson Street Nummer sieben an. Dort lernte ich auch Mai Ling kennen. Wie ich bereits erwähnte, ist sie die Nichte von Chao und hat während einer Videoüberwachung mitangesehen, wie Emma Schinke ihn im White Dragon erschossen hat. Auf dieser Videoaufzeichnung ist auch zu hören, wie sie ihren Handlangern Igor und Tomek den Auftrag erteilt, Chao im Keller ihres Bordells in der Emmerson Street Nummer sieben zu entsorgen." Jackson lehnte sich daraufhin zurück verschränke die Arme vor seinem Körper und fragte mit einem zweifelnden Unterton: „Und wo ist diese ominöse, Mai Ling jetzt?"

„In meinem Haus in Laguna Beach."

„Das ist natürlich ungünstig, Mister Nixon."

„Warum?"

„Das kann ich Ihnen sagen Tom! Zum einen finde ich ihre Story sehr Abenteuerhaft und zum anderen brauch ich die Aussage dieser ominösen Nichte, um ihre Geschichte zu bestätigen."

Tom schaute Jackson daraufhin nur kopfschüttelnd an und meinte: „Okay Lieutenant, ich denke, dass ich jetzt das Recht habe, jemand anzurufen, richtig?"

„Ja, machen Sie das und wenn Sie damit fertig sind, widmen wir uns der Frage: Was sie mit dem Tod von Igor Chewchenko zu tun haben?"

Im Anschluss warf Jackson, Tom einen viertel Dollar hin, zeigte auf den Münzversprecher an der Wand und verließ den Verhörraum! Tom griff den Viertel-Dollar, ging zum Telefon und wählte eine Nummer.

„Hallo, Tom, wo bist Du? Ich versuche Dich seit Stunden zu erreichen. Hast du von der Explosion auf Castle Island gehört?", fragte die Stimme am anderen Ende.

„Hallo John, ja habe ich und jetzt halte dich fest. Ich wurde unter Mordverdacht an Bürgermeister Stefano Zampaniony festgenommen. Die Schinke hat mich reingelegt. Sie hat die Waffe und ein Kilo Kokain in meiner Wohnung in der Emmerson Street versteckt und der Polizei einen anonymen Hinweis gegeben." Woraufhin John zu lachen, anfing und antwortete: „Ich hatte Dich doch gewarnt! weiß Mai Ling schon, dass Du verhaftet worden bist?"

„Nein, Du musst sie anrufen. Vielleicht kann sie mir helfen."

„Okay, mache ich. Kann ich sonst noch etwas für Dich tun Tom?"

„Ja, Du könntest herkommen und Lieutenant Jackson erklären, warum Igor Chewchenko tot ist. Ich bin auf dem Polizeirevier in der 17 ten."

„Okay, ich rufe jetzt Mai Ling an und komme dann vorbei."

„Alles klar, John, danke Dir."

Nachdem Tom das Telefonat beendet hatte, betrat Jackson wieder den Raum.

„Hier, ich habe Ihnen einen Kaffee mitgebracht. So wie ich gerade von der Gerichtsmedizin erfahren habe, handelt es sich bei dem Toten tatsächlich um Chao Ling. Außerdem ist mittlerweile nachgewiesen, dass auch er mit der Waffe, die wir in ihrer Wohnung gefunden haben, erschossen wurde. Interessant ist, dass es sich bei der Waffe um die als gestohlen gemeldete Beretta von Emma Schinke handelt. Wollen Sie noch etwas dazu sagen?"

„Ich habe es Ihnen doch schon erklärt. Sie hat mich reingelegt und die Sachen in meiner Wohnung deponiert. Überlegen sie doch mal wie soll ich denn

Chao erschossen haben, zu dem Zeitpunkt war ich doch noch in LA." Jackson setzte sich wieder Tom gegenüber an den Tisch und meinte daraufhin:

„Ja, dass Emma Schinke ihnen etwas anhängen will, erwähnten Sie bereits, aber Sie können nichts davon beweisen. Außerdem warum sollte sie das tun?" Aber wissen sie was Tom, bevor wir uns dieser Frage widmen, kommen wir jetzt mal zu Igor Chewchenko, der am Abend nach ihrem Besuch beim Bürgermeister erschossen aufgefunden wurde."

Tom schüttelte daraufhin mit dem Kopf und antwortete: „Wissen sie was Lieutenant Jackson, ich sage jetzt gar nichts mehr, bis mein Freund John Miller hier ist. Er ist schon auf dem Weg und wird wenn er hier ist alles aufklären."

Jackson stand daraufhin auf, öffnete die Tür und sagte: „Officer, bringen Sie den Gefangenen zurück in die Zelle."

John hatte unterdessen Mai Ling angerufen und ihr mitgeteilt, dass Tom unter Mordverdacht in seiner Wohnung festgenommen wurde, dass man die Mordwaffe und ein Kilo Kokain bei ihm gefunden hat, dass Emma Schinke ihn reingelegt und die Sachen sicherlich dort deponiert hat, es aber wahrscheinlich nicht zu beweisen ist. Woraufhin Mai Ling ihn unterbrach und sagte: „Du irrst Dich, John. Wir werden dieser

Schlampe Emma Schinke nachweisen, dass sie nicht nur meinen Onkel umgebracht hat, sondern auch alle anderen. Denn wir werden beweisen, dass Emma Schinke in Toms Wohnung war, um die Waffe und das Kokain dort zu deponieren."

„Und wie willst Du das machen, Mai Ling?", fragte John sichtlich irritiert.

„Ich gar nicht. Eine Videoaufzeichnung wird das erledigen."

„Videoaufzeichnung?"

„Ja, nachdem mich Tom über die Beweggründe seines Besuchs in Boston informiert hatte, habe ich eine Überwachungskamera mit Bewegungssensor in seiner Wohnung installiert. Es ist dasselbe System, was auch in Chaos Büro, im White Dragon und in den Wohnungen der Mädchen in der Emmerson Street installiert ist. Der Vorteil dieser Systeme ist, dass sie Speicherplatz sparend arbeiten. Du fährst jetzt in die Wohnung und bringst die Aufzeichnung zur Polizei."

Nachdem Mai Ling John noch erzählt hatte, wo sich das Aufzeichnungsgerät befindet, machte dieser sich sofort auf dem Weg und erschien bereits eine Stunde später mit diesem im Polizeirevier.

Nachdem er dem Officer am Infoschalter den Grund seines Besuches mitgeteilt hatte, drehte sich dieser nach hinten um und rief: „Kann jemand mal Lt.

Jackson holen, hier ist jemand, der behauptet Beweismaterial im Mordfall Zampaniony zu haben." Als Jackson kurz darauf am Infotresen ankam, sagte er: „Der Officer meint, Sie hätten Beweismaterial im Mordfall Zampaniony?"

„Ja, und zwar entlastendes für meinen Freund Tom Nixon, den Sie hier unter Mordverdacht festhalten. Schließen Sie dieses Gerät an ihren Computer an und schauen Sie sich das darauf befindliche Video an." Jackson nahm den Rekorder ging damit zu seinem Schreibtisch, schloss ihn mit wenigen Handgriffen an seinen Computer an und startete die Aufzeichnung. Auf dieser war nicht nur zu sehen, wie Igor und Tomek die Wohnung von Tom verwüsteten, sondern auch Emma Schinke, wie sie die Waffe und das Kokain in Toms Wohnung deponierte. Was Jackson dazu veranlasste, Tom aus seiner Zelle zu holen. Als Tom kurz darauf von einem Officer an Jacksons Schreibtisch gebracht wurde, meinte Jackson: „Setzen sie sich Tom, ihr Freund dahinten dabei zeigte er in Richtung Informationstresen, hat mir gerade ein Überwachungsvideo aus ihrer Wohnung gebracht. Auf diesem ist zusehen, dass Emma Schinke die Waffe und das Kokain in ihrer Wohnung deponiert hat."

„Was für ein Video?", unterbrach ihn Tom, wovon Jackson sich aber nicht irritieren ließ und fortfuhr, „Aber es beweist nicht, dass Sie mit dem Mord an Igor Chewchenko nichts zu tun haben."

„Aber John kann das Beweisen!", fiel Tom ihm erneut ins Wort. Woraufhin Lieutenant Jackson, John der immer noch am Tresen wartete, zu sich holen ließ und nachdem dieser Lieutenant Jackson dann ausführlich über den Hergang des besagten Abends aufklärt, hatte, meinte Jackson: „Ich denke, die Staatsanwaltschaft wird diesbezüglich keine Anklage gegen Sie erheben John, da Sie in Notwehr gehandelt haben. Aber kommen wir jetzt nochmal zum Mordfall ihres Freundes. Um Emma Schinke auch diesen Mord nachweisen zu können, wäre es hilfreich, die entsprechende Videoaufzeichnung zu haben."

„Kein Problem, kann ich kurz Ihr Telefon benutzen, Lieutenant?", meinte Tom daraufhin.

„Ja, natürlich. Hier, bitte." Tom griff zum Telefon und rief Karen an. „Hallo Tom, schön von Dir zu hören, geht es Dir gut?"

„Ja danke, Karen, aber deshalb rufe ich Dich nicht an. Kannst Du mir die Videoaufzeichnung von Chaos Ermordung schicken?"

„Ja natürlich, aber Du hast das Video doch auch auf Deinem Laptop."

„Ja schon, aber auf den habe ich jetzt keinen Zugriff. Ich sitze nämlich gerade auf dem Polizeirevier."

„Ah, verstehe. Wie, Polizeirevier?", fragte Karen auf einmal völlig irritiert.

„Mach Dir keine Gedanken, schick mir einfach das Video an folgende E-Mail." Nachdem Tom, Karen die E-Mail-Adresse von Lieutenant Jackson gegeben hatte und dieser kurz darauf das besagte Video per E-Mail sichtete, griff er sofort zum Telefon und rief Deputy Miller an.

„Was kann ich für Sie tun, Lieutenant?"

„Miller, besorgen Sie mir sofort einen Haftbefehl für Emma Schinke."

„Und weswegen?" „Wegen dem dringenden Tatverdacht, den Bürgermeister Zampaniony, den Mitarbeiter der Stadtverwaltung Boston, Morrison, und Chao Ling ermordet zu haben. Und finden Sie heraus, wo sich die Schinke gerade befindet."

„Alles klar, Lieutenant." Danach wandte sich Jackson wieder Tom und John zu und sagte: „So, meine Herren und Sie beide werden jetzt bei dem Officer da vorne Ihre Aussagen zu Protokoll geben und können dann verschwinden. Sollte ich noch Fragen haben, weiß ich ja, wo ich Sie finde."

Nachdem Tom und John das Polizeirevier wieder verlassen hatten, rief Tom sofort Mai Ling an. Als diese Toms Stimme hörte, fragte Sie völlig aufgelöst: „Tom geht es Dir gut? John hat mir erzählt, dass Du verhaftet worden bist."

Tom, der natürlich sauer über Mai Lings Videoüberwachung war, entgegnete nur: „Wie man sich so fühlt, nachdem man erfahren hat, dass der Mensch, dem man vertraute, eine Überwachungskamera in seiner Wohnung installiert hat. Hat Dich die Schinke damit beauftragt?" Woraufhin Mai Ling verärgert meinte: „Sag mal, spinnst Du? Die Kamera habe ich installiert, nachdem Du mir erzählt hast, warum Du nach Boston gekommen bist und weil ich wusste, mit wem Du Dich da einlässt. Und wie Du ja gesehen hast, Tom, war es auch gut so. Ich komme morgen mit dem Zwölf-Uhr-Flug wieder nach Boston zurück. Dann können wir reden.", und legte auf.

John schaute Tom nur Kopf schüttelnd an und sagte: „Tom, anstatt Mai Ling Vorwürfe zu machen, solltest Du Ihr dankbar sein, denn hätte sie die Überwachungskamera nicht in Deiner Wohnung installiert, würdest Du Dich jetzt wegen Mordes verantworten müssen." Tom holte tief Luft und meinte einsichtig: „Wahrscheinlich hast Du recht John. Mai Ling kommt morgen mit dem Zwölf-Uhr-, Flug zurück. Ich werde sie vom Flughafen abholen und mich bei Ihr entschuldigen."

„Gute Idee, Tom, und jetzt lass uns was trinken gehen."

12

Jackson und Miller hatten sich den Haftbefehl besorgt und tauchten kurz darauf in Emmas Apartment auf. Allerdings hatte diese trotz aller Coolness am Ende wohl doch kalte Füße bekommen und dieses fluchtartig verlassen, woraufhin Jackson sofort die Flughafenpolizei informierte, die Emma Schinke kurz darauf am Check-in, Schalter der Air Argentina festnahm und anschließend an Jackson und Miller übergab. Diese führten sie nach einem kurzen Verhör noch in derselben Nacht dem Haftrichter vor. Dieser lehnte eine gestellte Kaution ihres Anwalts wegen Fluchtgefahr ab und ließ sie bis zu ihrer Verhandlung im Boston County Jail unterbringen. Tom erschien pünktlich am nächsten Tag am Flughafen, um Mai Ling abzuholen. Allerdings sollte das Wiedersehen nicht so verlaufen, wie er es geplant hatte, denn Mai Ling war nicht in dem Flieger.

Nachdem er sie mehrfach erfolglos übers Telefon zu erreichen versucht hatte, machte er sich auf den Weg nach Chinatown, wo er sie kurz darauf im Restaurant ihrer Tante fand. Als Mai Ling ihn sah, ging sie zu ihm und sagte: „Komm mit nach draußen"

Dort angekommen fragte Tom: „Was ist los? Was machst du schon hier, Mai Ling? Und warum gehst du nicht an dein Telefon?"

Woraufhin Mai Ling demütig den Kopf senke und sagte: „Ich bin bereits mit dem Sechs-Uhr-Flug in Boston angekommen, Tom. Ich werde meiner Tante bei der Beerdigung meines Onkels zur Seite stehen und ihrem Wunsch entsprechend, die Asche in sein Heimatdorf in China bringen. Es war schön, dich kennengelernt zu haben Tom und ich danke dir für alles, was du getan hast.", gab ihm einen Kuss auf die Wange und ging zurück ins Restaurant.

Tom schaute Ihr nur verständnislos hinterher wollte eigentlich auch etwas sagen, brachte aber nichts heraus. Im Anschluss widmete sich Tom wieder dem Fall Emma Schinke und staunte nicht schlecht, als er erfuhr, dass die Verteidigung es geschafft hatte, die von der Staatsanwaltschaft erhobene Anklage wegen mehrfachen Mordes, Prostitution, Drogen und Menschenhandel aufgrund von angeblichen Verfahrensfehlern und dem Verdacht der

Befangenheit des Oberstaatsanwalts abzuweisen. Doch damit sollte die Sache nicht erledigt sein, denn nachdem man den auf Emma Schinkes Gehaltsliste stehenden Oberstaatsanwalt seines Postens enthoben hatte und die Staatsanwaltschaft sich eigens für diesen Prozess einen Staatsanwalt aus New York geholt hatte, begann der Prozess. In dessen Verlauf Tom und John noch als Zeugen geladen wurden und an dessen Ende die Geschworenen Emma Schinke in allen Anklagepunkten für schuldig befanden und sie vom Gericht zu einer lebenslangen Haftstrafe verurteilt wurde.

Allerdings sollte sie nicht so viel Glück haben. Denn nachdem ein Lieutenant aus Waco in Texas über den Prozess durch die Presse informiert wurde, erinnerte er sich wieder an den Namen Emma Schinke in Verbindung mit den noch ungeklärten Morden von zwei Professoren an der dortigen Universität. Damals gehörte Emma Schinke zu den Tatverdächtigen, da sie nach Aussage von Kommilitonen Streit mit den Professoren und ihnen gedroht hatte. Diesbezüglich war sie seinerzeit auch festgenommen und verhört worden. Man musste sie allerdings wieder laufen lassen, da die Tatwaffe nie gefunden wurde. Doch das sollte sich jetzt ändern, denn der zuständige Lieutenant forderte die Akte an und verglich die Projektile der Tatwaffe aus Boston mit den Projektilen der getöteten Professoren. Dabei stellte er fest, dass diese identisch waren. Somit hatte er die Möglichkeit, erneut einen Haftbefehl für Emma Schinke zu erwirken.

Nachdem sie nach Texas überführt wurde, wurde sie dort in einem weiteren Prozess von den Geschworenen des zweifachen Mordes für schuldig befunden und zum Tode verurteilt. Nach ihrer Verurteilung sollte sie in den Todestrakt von Hundsville überführt werden. Dort kam sie allerdings nie an. Stattdessen fand man ihre Leiche wenige Tage danach in dem durch ein Feuer bis auf die Grundmauern nieder gebrannten Haus in der Emmerson Street Nummer sieben. Nach Angaben des zuständigen Feuerwehr Inspektors war wohl ein durch eine Ratte angeknabbertes Kabel der Auslöser des Brandes bei dem Emma Schinke qualvoll den Tod fand.

Natürlich hatte der Prozess in Boston und Texas für Aufsehen gesorgt und in Boston dazu geführt, dass sich alle Mitarbeiter der Stadtverwaltung einer Überprüfung unterziehen mussten, an dessen Ende weitere fünf Mitarbeiter der Bestechlichkeit überführt wurden.

John Miller wurde entgegen den Prognosen von Lieutenant Jackson doch wegen des Todes von Igor von der Staatsanwaltschaft angeklagt, wurde im Prozess aber von den Geschworenen für nicht schuldig befunden, da sie seine Handlung als Notwehr ansahen. Nach seiner Freilassung arbeitet er wieder als Detektiv in seinem Büro in Chinatown. Nachdem Mai Ling die Asche ihres Onkels in sein Heimatdorf gebracht hatte, entschied sie sich, in China zu bleiben und eröffnete eine kleine Pension.

Karen Ogen, die mit Übernahme der Zeitung auch den Fernsehsender LA News Today gegründet hatte, sicherte sich die Exklusiv- rechte an der Live-Übertragung der Prozesse gegen Emma Schinke im Fernsehen, welche ihr aufgrund der Einschaltquoten Millionengewinne einbrachten und sie darüber hinaus in Kalifornien zur erfolgreichsten und einflussreichsten Medienfrau machten. Tom, der in dem Prozess in Boston nicht nur als Zeuge aussagte, sondern für Karen auch in Waco, Texas als Berichterstatter vor Ort tätig war, machte sich nach dessen Ende wieder auf den Weg nach LA.

Matthias Unverdorben

Die Akte Bernstein

ISBN: 9783743151949

Einfach mal machen, könnte ja gut werden

Matthias Unverdorben

ISBN: 9783756808168